Karl Brisker

Ein Mensch

Trauerspiel in fünf Acten

Karl Brisker

Ein Mensch
Trauerspiel in fünf Acten

ISBN/EAN: 9783743474703

Hergestellt in Europa, USA, Kanada, Australien, Japan

Cover: Foto ©Andreas Hilbeck / pixelio.de

Manufactured and distributed by brebook publishing software
(www.brebook.com)

Karl Brisker

Ein Mensch

EIN MENSCH.

TRAUERSPIEL IN FÜNF ACTEN

VON

KARL BRISKER.

Personen:

Der Pastor.

Ännchen, seine Tochter.

Gottfried, Advocat.

Wolfgang, sein Bruder.

Frau Schulze.

Hallodrius.

Fludribus.

Das Dienstmädchen.

—

Zeit: Gegenwart. — Schauplatz: eine deutsche Großstadt.

Es spielen:

der I., III., V. Act im Arbeitszimmer des Pastors,
der II., IV. Act in der Wohnung Wolfgangs.

—

Rechts und links vom Schauspieler.

—

Dieses Stück wurde bei dem Preisausschreiben der »Abtheilung für Literatur und Kunst der Lese- und Redehalle der deutschen Studenten in Prag« im Jahre 1895 mit dem ersten Preise ausgezeichnet.

—

I. ACT.

Ein vornehm eingerichtetes Zimmer in der Villa des Pastors. In der Hinterwand zwei Fenster und eine Glasthür, die auf eine Veranda führen. Rechts und links Thüren, die links ist Ausgang in den Corridor. Beim ersten Fenster der Schreibtisch des Pastors, beim linken der Nähtisch Ännchens. Links vorn eine Möbelgarnitur, rechts ein Divan und einige Fauteuils. Die Mitte des Zimmers bleibt frei. An der Wand Schränke etc. Eine Wanduhr. Blattpflanzen und Blumen etc.

I.

Der Pastor arbeitet an seinem Schreibtisch. Ännchen tritt durch die Glasthür ein.

Ännchen: Nun wär's wohl schon an der Zeit, dass Herr Gottfried käme.

Pastor: So? Wie spät ist es denn?

Ännchen: Gleich elf Uhr.

Pastor: Allerdings, da wird er wohl jeden Augenblick kommen. (Steht auf.) Du sehnst Dich wohl sehr ihn zu sehen? Ein seltener Besuch ist's fürwahr. Immer sitzt er draußen in seinem Städtchen, und wenn er schon einmal etwas von sich hören lässt, so ist es nur ein kurzer Brief. Selbst das hatte schon aufgehört.

Ännchen: Ja, seitdem Wolfgang fort ist!

Pastor: Nun ja, wieder ein Grund weniger zum Schreiben. Übrigens kann man ihm nicht böse sein. Er ist ein so gesuchter Advocat und wird mit Geschäften derart überlaufen, dass es einen nicht wundern kann, wenn er sich nur schwer und selten ein paar Stunden freimacht.

Ännchen: Da wird es auch nur eine Geschäftsreise sein, die ihn herführt. Schrieb er denn keinen Grund?

Pastor: Nein! Vielmehr sieht es nach seinem Briefe so aus, als ob er nur uns zu Liebe käme. Sonst, wenn er schon einmal kam, überraschte er uns immer und nie wusste ich es bereits eine Woche voraus.

Ännchen: Dann dürfen aber auch wir uns nicht überraschen lassen. Soll ich nicht für einen Imbiss sorgen?

Pastor: Ganz recht. Ich werde Dich, falls er früher käme, schon entschuldigen. Na, denn jemandem Andern wirst Du es ja kaum überlassen, für unseren Gast zu sorgen! — Es muss alles gut sein, weisst Du. — Na, was wär' denn so etwas Besonderes? — Ach, Du weisst ja alles besser als ich.

Ännchen: Ja, ob wohl Wolfgang mitkommt?

Pastor: Ich weiß nicht, von ihm steht nichts im Briefe. Möglich.

Ännchen: Ach, er wird wohl nicht kommen. Er war uns schon die letzte Zeit so entfremdet. Er nahm ja gar keinen Abschied·von uns, als er die Stadt verließ.

Pastor: Das hätte er wohl thun können. Aber auch ihn kann ich entschuldigen. Die bevorstehenden Prüfungen machten ihn missmuthig. Es gieng da nicht alles so, wie früher an der Universität. Und viel gearbeitet scheint er nie zu haben! Da kam's halt ein bisschen dick und mit seinem Humor war's vorüber.

Ännchen: Nun ja, einen Grund muss es doch gehabt haben, dass seine Besuche immer seltener wurden, wo er doch früher täglich unser Gast war.

Pastor (scherzend): Nun freilich! Dir muss das besonders nah gegangen sein, als der lustige Bruder Studio ausblieb und mit ihm der Genosse an Deinen tollen Streichen. Nun, nun! Ob ich nicht recht habe! Das war doch manchmal schon gar zu bunt. Übrigens war's schon recht. Lustig soll die Jugend sein, und selbst ausgelassen sein, wenn man schon einmal nicht maßhalten kann, ist besser als so eine Duckmäuserei! Ich wollt, Du wärst noch so lustig. Aber jetzt ist halt in Dir auch bereits das züchtige Jungferlein bewusst geworden, die junge Dame ....

Ännchen: Und da hat das Väterchen niemand mehr, mit dem es seine Spässe treiben könnte, wie früher! (Setzt sich neben ihn auf den Divan.)

Pastor: Na nu! Erlaube mir!

Ännchen: Nun ja, was mir an Ausgelassenheit jetzt fehlen mag, das ist Dir, Väterchen, vermacht worden! Nicht wahr? Ich hab doch recht?

Pastor (komisch ernst): Da hört sich doch alles auf!

Ännchen: Nicht, nicht? Wolltest Du soeben nicht wieder den Beweis erbringen? (Schlingt sich um den Pastor und küsst ihn.)

Pastor: Na, da sollte man's auch nicht sein!

Ännchen: Also zugegeben? (Küsst ihn.)

Pastor: Meinetwegen, aber ... (bekommt noch einen Kuss.) Na, schon gut. Höre, aber ausgelassen kannst Du auch noch sein.

Ännchen: Als ob ich Dir so nicht lieber wäre!

Pastor: Du bist ein Schalk! Mädel, Du kannst einem warm machen. Wer Dich wird einmal haben wollen, wie werd' ich's dem wohl nur beibringen, dass er völlig begreife, welchen Schatz er da von mir verlangt. Und ich, ich werde arm sein. Hu! Mir wird ordentlich angst!

Ännchen: Weißt Du, Väterchen, ich will gerade nicht sagen, dass ich niemals heiraten möchte, darüber bin ich schon hinaus, (mit absichtlicher Pose) aber, aber, aber!

Pastor: Nun was denn? Aber, aber!

Ännchen: Gut, dass Du es hören willst. Ich will Dir meinen Standpunkt auseinandersetzen. Erstens muss der Betreffende so sein, wie Du, so lustig, gut und brav, und das wird nicht sobald einer von sich sagen können; zweitens bleiben wir dann bei Dir, damit ich stets vergleichen kann, um wie viel ich betrogen wurde.

Pastor (lacht): Darauf wird Dir niemand eingehen!

Ännchen (komisch ernst): Nun so mag er's bleiben lassen. Ich sehne mich gar nicht, ein so liebes gutes Väterchen gegen einen zuckersüßen Mann einzutauschen. Nichts da! Und wenn ich darüber eine alte Jungfer werden sollte!

Pastor: Oh die Geschichte vom Tannenwald!

Ännchen: Ich verstehe nicht. Was für eine Geschichte?

Pastor: Du kennst sie nicht? Also höre!

Ännchen: Wieder so eine alte Fabel oder Parabel, nicht? Wie gern Du dies Zeug überall anbringst. Es ist doch meistens nichts wahres daran!

Pastor: Oho! Dabei ist alles so richtig, wie das Einmaleins.

Ännchen: Nun, wir werden ja sehen!

Pastor: Also! Es stand ein Wald voll lauter schönen Tannen.

Ännchen: Aha! Das sind die schönen Mädchen, die heiratsfähigen!

Pastor: Es war einmal ein schöner Tannenwald, in dem ein alter Jäger wohnte.

Ännchen (streichelt den Pastor): Nun so gar alt nicht, mit den besten Eigenschaften!

Pastor: Wenn Du so gescheit bist, brauche ich Dir ja nicht zu erzählen. Vielleicht erzählst Du mir's lieber!

Ännchen: Warum denn nicht. Wie kann's weiter geh'n als: Der alte Jäger hatte einen hübschen Jägerburschen. Nicht?

Pastor: Stimmt!

Ännchen: Siehst Du's. Also dieser steckte sich täglich, wenn er durch den Wald gieng, ein Tannenreis an den Hut, um sich damit zu schmücken. Und die Tannen, die dummen Dinger, streckten ihre Äste vor, damit er von ihren Zweigen das Reis abbräche. Sie bemerkten dabei nicht, dass sie selbst an ihrer Schönheit verloren (immer langsamer, da sie nicht weiter weiß), dass ihre Äste gebrochen waren . . . . und so weiter, und so weiter.

Pastor: Fertig mit der Weisheit! Also willst Du sie hören?

Ännchen (indem sie aufsteht, lustig): Nun wenn sie nicht so ist, die Geschichte, ist sie halt anders. Nichts da, Väterchen! Nicht so langweiliges Zeug!

Pastor (komisch ernst): Langweiliges Zeug? Bin ich denn mit meiner Weisheit schon so sehr in Verruf bei Dir gerathen? Nun aufdrängen will ich mich nicht. Ich bin ja noch gesund und kräftig!

Ännchen: Aber Väterchen! Gott, wie Du mich erschrecken kannst! Also so sollte die Geschichte sein? (Heiter.) Nein, nun ist sie erst recht nicht wahr! Ich kann es Dir an den Fingern vorzählen! Bis Du Deinen hundertsten Geburtstag feierst, bin ich bereits an die sechzig, da braucht sich niemand mehr um mich zu kümmern!

Pastor (weich): Nun ja, wenn Du mir das Leben stets so angenehm machen wirst, dann möchte ich wohl selbst die hundert Jahre

leben wollen. — (Es läutet.) — (Springt auf.) Na ja, da haben wir's.
Das ist er sicher. Aber jetzt heißt es sich tummeln. Ich gehe
selbst öffnen!

(Ännchen geht schnell rechts ab, der Pastor links, lässt die Thüre offen, so dass
man ihn im Gang sprechen hört.)

II.

Pastor (hinter der Scene): Bist Du's, Gottfried? Wärst wieder einmal
bei uns. Sei willkommen! (treten ein.) Nun, wie geht Dir's denn?

Gottfried: Nun, ganz leidlich!

Pastor: Ach, hör' mir auf! Ausgezeichnet, vorzüglich sag' lieber. Bisschen viel zu thun vielleicht, aber sonst frisch und munter. Nicht?
So nimm doch Platz. Ännchen lässt sich noch entschuldigen.
Wir haben uns ein wenig verplauscht, und da wird sie noch
nicht fertig sein.

Gottfried (freudig): Das Ännchen! Was macht sie denn? Ist sie noch
immer, ich möchte so sagen, der heitere Stern Deines Lebens?
Ist sie noch immer so lustig und fröhlich, so schön, oder besser,
um wie viel mag sie denn noch schöner und lieber geworden sein?

Pastor: Das wirst Du ja alles selber sehen! Ach ja, ich bin ein glück-
licher Vater! Nun, und wie geht es denn Wolfgang? Wie gefällt's ihm denn draußen? Ja, was hast Du?

Gottfried (tonlos.): Er war also noch nicht bei Dir?

Pastor: Ja ist er denn hier? Das wusste ich ja gar nicht!

Gottfried: Er ist es schon ziemlich lang, schon einige Monate.

Pastor: Was ist Dir nur?

Gottfried: Ach, es ist ja gut, dass so schnell die Gelegenheit gekommen
ist, zu sagen, was mich herführte. Es wäre mir sehr schwer geworden.

Pastor: Du kannst einen förmlich erschrecken. Ich verstehe nicht!

Gottfried: Seinetwegen kam ich zu Dir. Ich hoffte einige tröstliche
Nachrichten zu erhalten. Ich erwartete es bestimmt. Doch dass
Du gar nichts weißt, hat mich überrascht!

Pastor: Ja, was soll ich denn hören?

Gottfried: Es ist eine schlimme Geschichte. Wolfgang ist auf Abwege
gerathen. Du erstaunst? Ja, ja! Fiel Dir denn gar nichts in letzter
Zeit an ihm auf? Hier in der Hauptstadt begann ja sein liederliches Leben.

Pastor: Ja, wahr ist's wohl! Er hatte in der letzten Zeit ein anderes
Benehmen. Aber bei so jungen Menschen ist doch so etwas leicht
erklärlich. Und dann kam er immer seltener, bis er endlich ganz
ausblieb.

Gottfried: Nun ja er mied Euch, und hatte alle Ursache es zu thun.
Ich will ohne alle Umschweife reden, es ist das Beste. Wolfgang
ruinierte hier sein Vermögen durch Schulden, seine Gesundheit
durch Ausschweifungen. Ich, sein Bruder und Vormund, suchte
alles, so gut es gieng, wieder gut zu machen. Mit schwerer Mühe
hab' ich es versucht, doch Undank war mein Lohn!

Pastor: Du sprichst von Wolfgang? Wolfgang wäre verdorben?

Gottfried: Leider ja! Was er in der Hauptstadt getrieben hatte, glaubte er in unserem kleinen Orte um so ärger treiben zu müssen. Der Teufel muss ihn schon ganz in der Gewalt gehabt haben, er konnte sich nicht mehr beherrschen. Sein Erbtheil war nicht groß genug, um auch das noch aushalten zu können. Ja, da bereute er und versprach abermals seine Besserung. Ich ordnete seine Verhältnisse auf's neue, beschwor ihn brav und ordentlich zu bleiben. Ja aber! Freilich konnte und durfte ich ihm nicht mehr so unbedingt vertrauen. Ich glaubte es meiner Pflicht schuldig zu sein, ihn strenger zu bewachen. Das mochte ihm nun durchaus nicht gefallen. Es kam zu heftigen Auftritten, ja Schlimmeres trat ein. Wolfgang entwendete mir eine bedeutende Geldsumme und entfloh!

Pastor: So weit hätte sich Wolfgang vergehen können?

Gottfried: Sollte ich denn nicht die Wahrheit sprechen! Ich sagte ja nur das Nothwendigste.

Pastor: Und was thatest Du? Was machte er?

Gottfried: Er gieng hierher, wie ich später erfuhr, höchstwahrschein- lich um ungestört seinen Leidenschaften nachgehen zu können. (Leidenschaftlich.) Pastor, mich hat das auf's Tiefste gekränkt! Ich wollte nichts mehr von Wolfgang wissen. Und doch hatte ich furchtbare Angst um ihn! Ich unterdrückte meine Furcht und beruhigte mich damit, dass Du ja hier sei'st, dass Wolfgang in dem Elende, in das er bald gerathen musste, an Dir einen Freund suchen und finden werde. Doch das gab mir die Ruhe nicht wieder. Immer mehr peinigte mich der Gedanke: die paar tausend Mark sind bald fort, und es ist schon so lang, — ach!

Pastor: Was ist Dir?

Gottfried: Ich erbebe bei dem Gedanken, ich erschrecke vor mir selbst, dass ich es für möglich halten kann!

Pastor: Ich verstehe nicht! — Oder was? Wolfgang zum Verbrecher werden? Das kann ich nicht glauben!

Gottfried: Ein schwacher Trost, allein Du kennst meinen Bruder nicht, wie ich ihn leider kenne.

Pastor: Gottfried! Dessen hältst Du Wolfgang für fähig?

Gottfried: Er scheint mir nicht der Mann dazu, Hunger zu leiden, wo er früher geprasst hat. Was er dem Bruder zu thun sich nicht scheute, weshalb sollte er es Andern gegenüber nicht thun können?

Pastor: Nimm mir nicht den Rest der Achtung vor einem Menschen! Ach, dürfte ich Dir doch misstrauen!

Gottfried: Könnte ich mir selbst misstrauen, ich wäre ruhiger! Zu Dir kam ich, um Dich um Rath und Hilfe zu bitten. Vielleicht gelingt es Dir! Willst Du?

Pastor: Hier gilt nicht mehr das Wollen, hier heißt es müssen! Und zwar augenblicklich. Du hättest mich schon früher in Kenntnis setzen sollen.

Gottfried: Ja, ich sehe es ein. Dies ist aber auch der einzige Vorwurf, der mich treffen kann.

Pastor: Weißt Du, wo Wolfgang wohnt? Wir müssen zu ihm.

Gottfried: Er hat seine frühere Wohnung.

Pastor: So gehen wir hin, jetzt gleich. Mag er Dich auch schwer gekränkt haben, Deine Pflicht ist es wohl, bis zum letzten Augenblick ihm beizustehen.

Gottfried: So will ich denn nochmals die Hand zur Versöhnung reichen.

Pastor: Nicht zur Versöhnung, zur Rettung!

Gottfried: So gehen wir!

Pastor (ruft rechts durch die Thür): Ännchen! Ännchen! Einen Augenblick! Komme!

III.

Ännchen: Was willst Du, Vater? Was, Ihr wollt fort?

Pastor: Ja, Ännchen, wir müssen leider unhöflich sein. Wir müssen augenblicklich fort.

Ännchen: Ehe ich Herrn Gottfried begrüßt habe? (Geht auf ihn zu. Betroffen bleibt sie stehen. Gottfried erfasst ihre Hand. Stumme Begrüßung.)

Gottfried: Es thut mir leid, Fräulein Ännchen, Ihnen umsonst Arbeit bereitet zu haben!

Ännchen: Ach was! Sie gehen fort, das ist viel schlimmer. Ich hätte Sie so viel zu fragen, was Wolfgang macht, wie es Agnes geht, die mir gar nicht mehr schreibt.

Pastor: Halt uns nicht auf, Ännchen.

Ännchen: Hoffentlich kommt ihr aber wieder und zwar bald, und bitte, bitte in heiterer Stimmung.

Pastor: Gäb's Gott!

Ännchen: Was habt Ihr denn nur vor? Sie sind gewiss der Bote schlimmer Nachrichten gewesen!

Gottfried: Sie sollen alles erfahren. Jetzt wissen wir selbst nur wenig und das eben regt uns auf.

Ännchen: Und zwar sehr! Du, Väterchen, bist ja ganz außer Dir! Nun, hoffentlich ist das Ding nicht gar so schwarz und schrecklich! Also auf Wiedersehn! Kommt nur recht bald. Ich gehe in den Garten. Grüß Gott, Vater! Adieu, Herr Doctor!

Pastor: Adieu, Kind! — So gehen wir! (Ännchen ab durch die Glasthür.)

IV.

Pastor (zu dem Dienstmädchen, das gerade, als Ännchen das Zimmer verlassen hat, links eingetreten ist): Was wollen Sie denn?

Dienstmädchen: Herr Pastor, ein Herr wünscht Sie zu sprechen.

Pastor: Ich muss jetzt leider fortgehn und kann mich nicht aufhalten. Sagen Sie, er möchte sich ein andersmal herbemühen. — Was wollen Sie denn noch?

Dienstmädchen: Der Herr war bereits einmal hier, aber als er den Herrn Pastor nicht traf, verbot er, von seinem Besuche etwas zu erwähnen.

Pastor: Nun, so wird er es nicht so eilig haben, wie wir.

Dienstmädchen: Wenn ich mich aber nicht irre, so ist es der junge Herr Doctor.

Pastor: Welcher Doctor? Halten Sie uns doch nicht auf.

Dienstmädchen: Ich weiß nicht, wie der Herr heißt, aber ich sah ihn einmal hier. Herr Pastor sprachen sehr freundlich mit ihm und nannten ihn, wenn ich mich recht erinnere, Wolfbert, Wolf ...

Pastor: Wolfgang.

Dienstmädchen: Ja, Wolfgang.

Pastor (Pause): Lassen Sie den Herrn eintreten! (Es klopft.)

V.

Pastor: Herein! (Wolfgang tritt ein und bleibt, wie er Gottfried, der ihn ruhig betrachtet, erblickt, bei der Thür stehen. Der Pastor steht etwas entfernt gleichfalls ruhig da.)

Pastor (mit Wärme): Wolfgang! — (Pause.)

Wolfgang (sehr kalt und ruhig gesprochen): Herr Pastor, ich sehe und höre, dass ich zu spät gekommen bin, ich will mich wieder entfernen.

Pastor: Wolfgang, siehst Du Deinen Bruder nicht?

Wolfgang: Leider! Ich sagte ja schon, ich wäre zu spät gekommen. Oder glauben Sie, Herr Pastor, ich wollte die Rolle des verlorenen Sohnes spielen? Sie wissen ja alles, besser als alle anderen, mehr als ich selbst, höchstwahrscheinlich.

Pastor: Wolfgang, ist das die Sprache eines Menschen, der gekommen ist, um Hilfe und um Verzeihung zu bitten?

Wolfgang: Da irren Sie sich, ich bin weder aus dem einen, noch aus dem anderen Grunde da.

Pastor: Wolfgang, ich erkenne Dich nicht mehr! Sollte Dein Bruder Recht, ja mehr als Recht haben? Gott! (Gottfried wirft sich in einen Fauteuil.)

Wolfgang (immer in dem gezwungen kalten Tone): Mein Bruder hat immer Recht, als Advocat, als Kläger, besonders aber als mein Vormund! Ja, ja, er hat ganz recht, wenn er Ihnen, Herr Pastor, gesagt hat, ich sei ein Wüstling, er hat Recht, wenn er gesagt hat, ich sei ein Verschwender, ich hätte ihm Geld gestohlen, sei ihm ausgerissen, und was da sonst alles wahr oder unwahr sein mag. (Erregt.) Doch das eine möchte ich hervorheben, dass er nicht Recht hat oder vorderhand wenigstens nicht Recht behalten hat, wenn er mir prophezeite, mich nur im Zuchthaus wiederfinden zu können! Soweit ist es noch nicht gekommen. Aber was nicht ist, kann werden! Mein Bruder wird schon dafür sorgen!

Pastor (entsetzt): Wolfgang!

Gottfried: Elender! (Springt auf, überwindet sich jedoch.)

Wolfgang (mit höhnender Ruhe): Ich bitte sehr! Steht er mir nicht überall im Wege, hindert er mich nicht, wenn ich mich aufraffen will? Ich habe gefehlt, ich bekenne es, doch wer fühlt sich von jeglicher Schuld frei? (Erregt.) Aber mir Schwierigkeiten zu machen, aller Welt auszuposaunen: Seht den elenden Kerl, traut ihm nicht, er hat mich bestohlen, er wird auch euch bestehlen, ich warne euch! Ist das Bruderliebe? Das ist Schurkerei!

Gottfried: (will sich auf Wolfgang stürzen, der Pastor hält ihn zurück. Mit Ekel): Ach!

Pastor (zu Gottfried): Ruhe! Er ist wahnsinnig, er kann nicht beleidigen!

Wolfgang (höhnend): Sie haben ganz Recht. Ich bin vielleicht wahnsinnig, doch vermag ich noch meine Freunde von meinen Feinden zu unterscheiden!

Pastor (mit Wärme): Das eben kannst Du nicht, Wolfgang; gerade darin liegt Deine Schwäche. Niemand ist für Dich so besorgt, wie Dein Bruder!

Wolfgang: Hahaha! Was wollte er denn bei Ihnen? Was hat er Ihnen denn nicht alles erzählt, dass Sie mich mit einem förmlichen Schreckensruf empfiengen?

Pastor (streng): Versündige Dich nicht an Deinem Bruder, er kam her, um Dich zu retten!

Wolfgang (mit hohlem Pathos): Ich brauche nicht gerettet zu werden, ich habe mich noch nicht verloren gegeben, ich fühle mich noch stark genug, mir selbst zu helfen! Nur braucht nicht jeder meine Schwächen zu kennen. Ich kann nicht dort um Vertrauen bitten, wo nur Misstrauen mich erwartet!

Pastor: Wolfgang, Wolfgang! Kein Mensch hat mehr auf Dich gehalten und thut es selbst jetzt noch, als ich!

Wolfgang: Ich bitte, Herr Pastor, ich bin kein Kind mehr, nicht einsehen zu können, dass Ihnen das mein besorgter Bruder unmöglich gemacht hat.

Pastor (mit großer Wärme): Wolfgang, so nimm doch endlich Vernunft an! Auf Manneswort sei meines Vertrauens versichert. Was Du gethan hast, so wenig mir Dein Bruder sagte, sei doch froh, dass er es mir sagte. Dir ist eine schwere Aufgabe erspart worden; denn ohne Offenheit und Klarheit kann es keine Aufrichtigkeit und kein wahres Vertrauen geben! Wenn Du herkamst mit der Bitte auf dem Herzen, mich um meinen Beistand anzurufen, so schenke doch nicht den Wallungen des Eigensinnes und der Verblendung Gehör, geh' in Dich und zeige Dich nicht in einem Lichte, das mir mehr einen ungezogenen Burschen, als einen energischen Mann, wie Du etwa glaubst, in Dir sehen lässt.

Wolfgang: Sie mögen es nennen, wie Sie wollen. Eigensinn meinetwegen! Ich aber will nicht dort um Hilfe bitten, wo ich meinen Bruder im Spiele weiß. Mit seiner Art von Hilfe ist mir nicht gedient.

Gottfried (sehr erregt): Freilich möchtest Du lieber für rein und tugendhaft gehalten werden, freilich.

Pastor: Verdirb es nicht noch mehr! Schweig!

Gottfried (sehr stark): Freilich wär' es dann für Dich leichter, das Vertrauen der nichtsahnenden Menschen zu erschleichen, um sie desto gemeiner täuschen zu können!

Pastor: Ich beschwöre Dich, zu schweigen! (Gottfried wirft sich in einen Fauteuil.)

Wolfgang: Was er verschweigen soll, kann ich mir schon zusammenreimen! Es ist traurig, wenn mein Bruder zugleich mein größter Feind ist!

Pastor (heftig): Deine Rede zeigt mir, wie verblendet Du bist. Und ehe Du nicht einsehen lernst, wie erbärmlich Du Dich an Deinem Bruder vergehst, eher kann Dir niemand helfen, am allerwenigsten Du Dir selbst.

Wolfgang: Das ist Ihr großes Vertrauen, Herr Pastor?

Pastor: Du bist allerdings auf dem besten Wege, mir das, was ich versprach, unmöglich zu machen!

Wolfgang: Dafür habe ich also auch Gottfried zu danken?

Pastor (erzürnt): Du bist ein dummer Mensch!

Wolfgang: Also hätte ich in Ihrem Hause nichts zu suchen!

Pastor (jähzornig): Nein! (Wolfgang entfernt sich schnell. Der Pastor geht ihm ein paar Schritte unwillkürlich nach, hält sich jedoch zurück. Pause. Man hört hinter der Scene Ännchen rufen: Wolfgang! Wolfgang! Bist Du es? — —)

VI.

(Der Pastor geht erregt auf und ab. Gottfried bleibt sitzen.)

Pastor: So etwas hat die Welt noch nicht gesehn! Für so schlimm hätte ich es nicht gehalten! Ein netter Bursche! Es ist rein zum Lachen!

Gottfried: Ich hatte noch zu hell gesehn! Es ist erbärmlich!

Pastor: Lächerlich! So ein . . . !

Gottfried: Kann ihm geholfen werden?

Pastor: Ich wüsste wohl, was ihm helfen würde! — Es ist geradezu unbegreiflich! Wenn ich's nicht selber gesehn und gehört hätte, ich würde es nicht für möglich halten. Du hast übrigens auch Deinen Theil daran, dass es so endete. Hättest Du geschwiegen, er wäre schon weich geworden! Aber Dein Widerspruch erregte seinen Trotz! Ach es ist . . .

Gottfried: Bei solchen Beleidigungen hätte einer ruhig bleiben sollen? Ich glaube mich genug zurückgehalten zu haben! Ich hätte ihn sonst am liebsten gleich bei den ersten Worten hinausgeworfen.

Pastor: Ach, hör' mir auf! Du willst ihm helfen? — Nun ja, da soll einem die Galle nicht überlaufen! Ein Schuljunge, der den Respect vor seinem Lehrer verloren hat, könnte es nicht besser machen! Der Mensch ist verrückt geworden! (Rennt auf und ab.)

VII.

Ännchen (durch die Glasthür eintretend, überrascht): Was? Ihr seid noch hier? Ja, was ist Euch denn geschehn? Zuerst diese Eile! Wart Ihr denn nicht fort? Ich weilte im Garten und glaubte Euch längst fort! Übrigens war ja Wolfgang hier! Er scheint Euch leider nicht getroffen zu haben, denn sonst wäre er doch nicht fortgegangen. Ich bemerkte ihn erst spät, ich rief ihm nach, aber er hörte nichts! — So antwortet doch! Väterchen, Du bist ja so aufgeregt! Geht Ihr nicht fort?

Pastor (unwirsch): Nein, nein, wir sind schon fertig!

Ännchen: Ihr wart also nicht fort? Und Wolfgang? Ich täuschte mich nicht, er war es bestimmt!

Pastor: Der war hier bei uns, und weil er kam und wieder fortgieng, brauchen wir nicht mehr fortzugehen! Jetzt weißt Du es!

Ännchen: Aber Vater! Meine Überraschung ist doch berechtigt.

Gottfried: Ja, Fräulein Ännchen, Wolfgang war hier. Er ist nicht gut auf mich zu sprechen, und ich musste ihm leider auch böse sein. So gab es halt einen Streit, als er mich unerwartet traf. Er gieng davon, nachdem er uns beleidigt hatte.

Pastor: Ach was! Beleidigt! So ein . . . . Ach!

Ännchen: Aber, Väterchen, so erzürnt sah ich Dich noch nie. Was hat Wolfgang Dir gethan?

Pastor: Nichts, gar nichts. Neugierde ist auch eine Deiner schwachen Seiten!

Ännchen (gekränkt): Wenn ich Euch gestört habe, so verzeiht mir! (Rechts ab.)

VIII.

Gottfried: So fass Dich doch, Pastor! Du hast durch Deine Heftigkeit Ännchen gekränkt! So schlimm ist's doch noch nicht! Sieh — Wolfgang ist doch noch nicht so tief gesunken, als ich befürchtete! Wär' ich nicht hier gewesen, ich geb' es zu, wer weiß, wie schon die Dinge jetzt ständen. Dass sein Eigensinn und seine maßlose Verblendung ihn hinweggerissen hat, muss ich wohl bedauern, aber es kann mich nicht beunruhigen!

Pastor (völlig gefasst, fast freudig): Du hast recht. Dass er überhaupt hergekommen ist, muss als gutes Zeichen gelten. Ach, jetzt wird mir's klar! Aber ich war zu überrascht. Ich kannte ja nur in Wolfgang den frischen, heiteren aufgeweckten jungen Mann! Wie ein Mensch sich in paar Jahren verändern kann!

Gottfried: Laster sind Zauberer!

Pastor: Und was soll denn jetzt geschehn? Es ist gut, dass ich diese Lection bekommen habe, ich wäre bei der Wahl der Mittel nicht den richtigen Weg gegangen.

Gottfried: Wär's nur eine Fügung des Schicksals!

Pastor: Jetzt ist mir alles klar! (Heiter.) Wolfgang kam her, um die Rolle des verlorenen Sohnes, wie es ihm ja auf den Lippen schwebte, in der That zu spielen. Aber da kamst Du, der

Zeuge seiner wiederholten Bekehrungen, ihm in die Quere! Das war peinlich! So schlug er in's Gegentheil um! Und dieses Extrem lässt auf seinen Charakter schließen, der durch und durch unfertig ist, also noch gebildet werden kann!

Gottfried: In diesem Lichte erscheint seine Handlungsweise lächerlich!

Pastor: Nun freilich! Wir hätten ihn auslachen sollen, statt Wasser auf seine Mühle zu schütten! Man ist halt immer gescheiter, wenn man vom Rathhause kommt.

Gottfried: Und er ist's wohl auch!

Pastor: Gut, dass er mich nicht gesehen hat, wie ich mir die Geschichte zu Herzen nahm. Ach, er hat sich köstlich blamiert!

Gottfried: Die heitere Seite scheint nicht sehr unberechtigt, aber ...

Pastor: Nun, ich vergesse ja auch nicht, dass ihm damit nicht geholfen ist. Ich werd' es schon machen! Das soll mir eine ernste und hoffentlich dankbare Aufgabe sein!

Gottfried: Mich kann's nur freuen!

Pastor: Ja, dass ich Dir's gleich sage, Dich kann ich vorderhand dabei nicht gebrauchen!

Gottfried: Wenn's einem Menschen überhaupt gelingt, so gelingt es Dir, davon bin ich überzeugt. Möchte es Dir nur nicht zu viele unangenehme Stunden bereiten und den Frieden dieses Hauses nie stören!

Pastor: Gott, Ännchen! Was mag sie nur machen? Ich hab' sie wohl schwer gekränkt? Umso empfindlicher, als es nie geschieht und sie doch die Liebenswürdigkeit selbst ist. (Ruft rechts.) Ännchen, liebes Ännchen, komm zu mir!

IX.

Pastor: Du hast doch nicht etwa geweint?

Ännchen (unter Thränen lächelnd): Aber Väterchen!

Pastor: Sieh doch, ich bin wieder so froh und lustig!

Ännchen: Und da sollt ich's nicht sein? (Küssen sich.)

Gottfried: Nicht wahr, Fräulein Ännchen, wir sind merkwürdige Käuze!

Ännchen: Es scheint fast so. Und Sie sind der allerseltsamste. Doch wie froh bin ich lauter lustige Gesichter zu sehen! Auch Sie, Herr Doctor, scheinen die wehmüthige Miene eingepackt zu haben!

Gottfried: Ob ich das nicht gern thäte!

Ännchen: Na, ein Zipfel schaut doch noch zum Koffer heraus, da werden wohl Frauenhände helfen müssen!

Pastor: Ännchen, jetzt sollst Du aber auch zu Ehren kommen. Lass einmal Deine Künste sehen! Auch ein guter Tropfen auf diese Gemüthsschwankungen dürfte nichts schaden! Und auf Wolfgang wollen wir anstoßen, damit er zufrieden und glücklich werde!

Ännchen: Ja, aber ist er's denn nicht?

— ⚜ — ·· —

II. A C T.

Das Wohnzimmer Wolfgangs.

Ein einfach eingerichtetes Zimmer mit einem Fenster links. Neben diesem ein Schreibtisch. In der Mitte ein Tisch mit Stühlen. Rechts ein Bett. In der Hinterwand zwei Thüren (links in die Wohnung der Frau Schulze, rechts directer Eingang). Nachmittag desselben Tages.

I.

Wolfgang (allein): Ein schönes Leben! — Du dummer Kerl! Ist schon ganz richtig gewesen! — Blöd, verblödet, aber dafür eingebildet! — Genie! So ein bisschen liederliches Leben, ach was nur das Zeichen des Genies! Und Du bist eins! Es gelingt Dir ja alles, Du brauchst niemanden, der Dir hilft! Aus eigener Kraft! Brüll nur in Dich hinein Vorsätze, Betheuerungen, Gelöbnisse, schrei sie nur in Dich hinein. Na warum gelingt's denn nicht! Warum? Weil thierische Lust in Deinem Herzen brennt, weil Du etwas Gutes und Edles nicht mehr denken kannst! Du bereust, wenn's geschehen ist. Da ärgerts Dich, wenn's zu spät ist! Und Du kannst doch nicht anders! Aber ich will nicht! Schrei es nur! Ich will nicht. Nein, ich will nicht! (Plötzlich abbrechend, da es klopft.)

II.

Hallodrius (tritt ein, sieht sich mit komischen Geberden um): Was willst Du denn nicht? Es ist ja niemand hier? Ja, was treibst Du denn? Na, wenigstens bist Du zu Haus! Du bildest Dich wohl zum Redner aus? Ha! No übrigens guten Tag! Schön gelaunt! Am Ende Katzenjammer, moralischen Katzenjammer! Eine schöne Krankheit! Man darf sich keine Zeit zum Kranksein lassen! — Ja, dass ich nicht vergesse: Fludribus wartet unten, der wollte nicht erst die Treppen 'rauf, er meinte, es wär wieder umsonst. Du kommst doch mit? Oder besser, Du musst heute mitmachen, wir haben einen flotten Abend vor, das beste Mittel gegen Deinen Zustand. Also vorwärts.

Wolfgang: Gib Dir keine Mühe! Ich gehe nicht mit!

Hallodrius: Ganz gut! Gewöhnlich die erste Antwort, aber nicht die letzte. Ich kenne das, Du wohl auch! Also!

Wolfgang: Ich will nicht mitgehn, ich kann nicht!

Hallodrius: Zweites Stadium! Zuerst bestimmt: Ich geh' nicht. Dann: Ich kann nicht! Und der Grund? Ist's Geld alle? Diesmal zahlt der Fludribus. Der hat heute Geld und eine rosige Stimmung. Verderben wir ihm die nicht! Also komm.

Wolfgang: Lasst mich in Ruh'! Ich will nicht mehr mitmachen. Ich will nicht. Sag' es dem unten, und lasst mich in Ruh'!

Hallodrius: Ei verflucht! Donnerwetter, was ist Dir geschehn?

Wolfgang: Ich will dieses Leben, wie Ihr es treibt und mir es lehrtet, nicht weiterführen. Es führt zu einem schlimmen Ende!

Hallodrius: Lass Dich nicht auslachen! Tugendheld! Dummes Ge-
schwätz. Nun, ob wir gerade Deine Lehrer waren? Wer war
denn immer der erste, der kühnste und tollste?

Wolfgang: Ja, das kennen wir. Die Kastanien ließt ihr mich aus dem
Feuer holen!

Hallodrius: Das ist unverschämt! Höre oder höre nicht! Aber wer
hat sich in der letzten Zeit abgeplagt, Dir Deine Grillen zu ver-
jagen? Ich meine die Geschichte mit der Rosel.

Wolfgang: Willst Du mich foppen?

Hallodrius: Fällt mir gar nicht ein! Dass sie Dir damals von dem
Stelldichein fortlief, daran brauchst Du nicht schuld gewesen zu
sein. Heute möcht' ich's freilich glauben! Aber sie will Dich
doch heute wieder erwarten!

Wolfgang: Glaubst Du mich damit verlocken zu können, so irrst Du
gewaltig! Ich gehe nicht. Niemals! Heute nicht und später auch
nicht. Lasst mich in Ruh'. Ich hab' das satt. Unsere Wege sind
geschieden.

Hallodrius: Das ist ja sehr nett von Dir! Seine Feunde mir nichts,
dir nichts aufzugeben! Das hätten wir nicht gethan!

Wolfgang: Das glaub' ich recht gern!

Hallodrius: Wolfgang, entweder bist Du verrückt oder .... Na, ich
will mich nicht weiter bemühen. Wenn Du aber glaubst, in dieser
Rolle Furore zu machen, so hast Du Dich, keuscher Josef,
geirrt! Man lacht Dich noch aus! Ich kenn' Dich doch zu genau!

Wolfgang: Ich mich auch!

Hallodrius: Ich wünsche Dir zu Deinem Selbstvertrauen viel Glück!
Du bist ja der edelste Mensch von der Welt! — (Man hört Schritte.)
Da kommt Fludribus 'rauf. Ich will ihm gleich sagen, er möge
sich nicht bemühen!

Wolfgang: Soll mich überaus freuen! Du machst mir einen großen
Gefallen!

III.

Fludribus: Ja, zum Donnerwetter, was macht Ihr denn so lange? Lass
einen doch nicht so warten! Und noch nicht einmal fertig! Grüß
Dich Gott, alter Knabe! Nanu?

Hallodrius: Gib Dir keine Müh'. Er will von uns nichts mehr wissen!
Er hat einen moralischen!

Fludribus: Ach, red' doch kein dummes Zeug! Er wird nicht mitmachen wollen! Du hast hier oben Schönes ausgerichtet! —
Wolfgang, ist's wahr?

Wolfgang: Ja, ja, ja!

Hallodrius: Rede in ihn nicht hinein. Was Du sagen kannst, hab' ich
schon alles versucht. Nichts, nichts! Ich hab gefragt, ob er kein
Geld habe ...

Fludribus: Nun ja! Wer wird denn auch gleich vom Geld reden!
Immer dieses Geld! Hat er Dich beleidigt, Wolfgang? So rede

18

doch! Dass ich heute 'mal zahlen möchte, ist ja meine Pflicht!
Du sollst nicht sagen können, wir hätten nur von Deinem Geld
gelebt!

Hallodrius: Hab' ich ihm, glaube ich, auch schon gesagt.

Fludribus: Aber wie, kann mir's schon denken!

Hallodrius: Na, Du wirst Dir doch nicht einbilden, diesen Tugend-
helden entlarven zu können.

Fludribus: Rede nicht so geschwollen! Was sich machen lässt, das
werde ich machen. Wir werden ja sehn! Also, Wolfgang, warum
so traurig?

Wolfgang (will etwas antworten, schweigt überdrüssig): Ach!

Hallodrius: Du machst großen Eindruck auf ihn!

Fludribus: Rede nicht drein! Wenn man gleich grob wird, wie Du,
ja, dann geht's freilich nicht!

Hallodrius: Na, erzähl' ihm doch die Geschichte mit der Rosel. Ich
wollt' auch anfangen. Vielleicht geht's damit. Ich aber will mich
setzen. Es ist doch gestattet?

Fludribus: Das hast Du noch nicht gehört? Wolfgang, das von der
Rosel? Eine recht verflixte Geschichte! Ich hätt's kaum für
möglich gehalten! Wenn Du Dich etwa deshalb grämst, dann ist's
schon gut. Das Mädel hätte damals, als sie Dir fortlief, schon
wollen, aber die Angst. Na ja, ein Ding von sechzehn Jahren!
Aber, dass sie Dich gern hat und Dich nicht vergessen kann,
glaub' mir. Weißt Du, ich kenne ihren Bruder ein wenig. Zu
dem gieng ich häufiger und traf so die Rosel alle Tage! Anfangs
traf sich's nicht, dass ich sie allein hätt' sprechen können, aber
schließlich gelang es doch! Sie war ganz furchtsam, dass sie von
Dir nichts höre und klagte, dass sie treulos an Dir gehandelt
habe! Ein naives Dingchen! Ich übertrieb etwas, aber ich hab'
nicht gelogen, wenn ich ihr sagte, Du seist ganz melancholisch
geworden! Sie ward immer unruhiger, bis sie Dir endlich einen
Brief schreiben wollte. Das redete ich ihr natürlich gleich aus.
Ein paar Worte würden alles viel besser gut machen. Doch
musste es unter solchen Umständen geschehen, dass Du an ihrer
Treue nicht mehr zweifeln könntest! Wie man halt redet. Na,
die Gelegenheit kam ja auch bald. Ihr Vater und ihr Bruder
sind gestern verreist und sie ist allein zu Hause, mit einer alten
Tante! Hahaha! Das kennen wir schon! Na, und sie willigte
endlich auch ein, Dich heute erwarten zu wollen.

Wolfgang: Das ist ja alles Lug und Trug. Das ist nicht wahr!

Hallodrius: Na, wenigstens redet er etwas!

Fludribus: Du kannst Dich ja heute überzeugen. Sie erwartet Dich
um zehn Uhr abends auf ihrem Zimmer!

Hallodrius: Na, mehr kann sie schon nicht ...

Wolfgang: Das glaub' ich nicht, und wenn Du ...

Fludribus: So überzeug' Dich!

Wolfgang: Das hätte Röschen versprochen? So kann ich mich nicht
in ihr getäuscht haben!

Hallodrius: Ach, du meine Güte! Na, was wolltest Du denn von ihr, wenn Dich diese Nachricht so entsetzt? Oder ist ihr damaliges Fortlaufen Dir als die größte Tugend erschienen? Hat sie Dich gar bekehrt? Na, auf dieser Welt gibt's keine Engel!

Wolfgang: Und wenn sie es gesagt hätte, was ich nie glauben werde: ich will sie nicht ins Unglück stürzen. Ich will sie nicht in den Abgrund stürzen, an den Ihr sie gelockt habt. So schlecht kann Röschen nicht sein, so schlecht will ich nicht sein!

Hallodrius: Weißt Du was? Sag' ihr doch das alles selbst! Du thust da ein gutes Werk. Sie muss dann vor dem Paulus, der anstatt des Saulus bei ihr eingestiegen ist, wie vor einem göttlichen Warner niedersinken und die edelste Seele auf der ganzen Welt werden!

Wolfgang: Was Du spottend und höhnend sagst, möcht' ich fast ernstlich thun! Es wäre doch eine Genugthuung für mich, der ich selbst nicht wenig an ihrem sündhaften Begehren schuld bin. Sie zu warnen, sie vor Euch zu warnen, wäre mir eine Befriedigung meiner Qualen!

Hallodrius: Und was für eine! Zuerst suchst Du sie zu verführen, dann bekehrst Du Dich und sie. So handelt wohl nur ein Mensch, der hier (Geberde) nicht mehr ganz richtig ist.

Fludribus: Hör' mir auf, Hallodrius!

Wolfgang: Ich muss zu ihr. Bei Gott! Nichts Unredliches soll mich zu ihr führen, retten, retten will ich das arme Geschöpf!

Fludribus: Also komm, Wolfgang, geh' zu ihr. Sie ist so jung und schön. Sie thut mir auch leid! Erhält von Hallodrius einen freundschaftlichen Rippenstoß.)

Hallodrius: Du altes Schaf, werde Du auch noch sentimental! Wolfgang, geh' nur zu ihr, genier' Dich gar nicht. Es wird sich schon machen. Entweder so oder so!

Fludribus: Du hast ja noch Zeit, es Dir zu überlegen. So kannst Du so wie so nicht hingehen! Du musst Dich etwas aufheitern! Was sollst Du Dich abhärmen, es steht doch für nichts! Also!

Hallodrius: Er sagt nicht ja, er sagt nicht nein. — Am Ende könnt's doch möglich sein!

Fludribus: Bring' mir seinen Rock! Er geht schon mit!

Hallodrius (bringt den Überzieher, während Wolfgang sich sträubt): Du machst das famos! Gar keine üble Mimik.

Wolfgang: Lasst mich doch!

Hallodrius: Ein Frauenzimmer treibt's nicht ärger! Gott sei Dank! Also vorwärts!

IV.

Hallodrius: Na, jetzt auch noch die Alte!

Schulze: Guten Tag, Herr Wolfgang, ich bringe einen Brief.

Hallodrius: Wir sind gerade im Fortgeh'n. So wichtig wird's wohl nicht sein.

Schulze: Ich will Sie auch gar nicht stören, nur den Brief brachte ich.

Hallodrius: Na zeigen Sie 'mal her. (Sieht sich die Aufschrift an.) Natürlich von einem Frauenzimmer! Wolfgang, so schlimm steht's mit Dir doch noch nicht! (Wirft den Brief auf den Schreibtisch.)

Fludribus: Das hat ja Zeit. Gehen wir. Vorwärts! (Sie nehmen ihn in ihre Mitte.)

Hallodrius: Hurrah! Er geht, das hätte ich kaum erwartet. Fludribus, Du bist ein Mordskerl! — (Ab.)

V.

Schulze: Mordskerle seid ihr alle beide! Ich glaub' immer, die Kerle könnten etwas mitgeh'n (Geberde des Stehlens) lassen! So ein Umgang! Der Herr Wolfgang hat es auch hinter den Ohren. Und was er nur hat? Dieses laute Sprechen! Na, die letzte Zeit, da gieng es wohl mit ihm, da verschonten ihn aber auch die beiden da! Ach Gott! Es klopft.) Das ist sicher jemand zu Wolfgang! Öffnet.)

VI.

Pastor: Schön guten Tag. Hier wohnt doch Herr Studiosus Wolfgang? Ist er zu Haus?

Schulze: Guten Tag, guten Tag, gnädiges Fräulein. Jawohl, jawohl. Doch schade. Er ist gerade fortgegangen. Es hätte ihn gewiss sehr gefreut, wenn er Sie getroffen hätte.

Pastor: Ja wie so wissen Sie denn das?

Schulze: Nun, er scheint nicht gern mitgegangen zu sein.

Pastor: Wir können ihm ja auch hinterlassen, was wir von ihm wollten. Ja, dass ich mich vorstelle. Ich bin der Pastor Rotter und das ist meine Tochter!

Schulze: Schön! Schön! Mein Name ist Schulze.

Pastor: Freut mich sehr, Frau Schulze!

Schulze: Wollen Sie nicht Platz nehmen? Bitte, gnädiges Fräulein.

Pastor: Danke (setzt sich.). Bisschen hoch wohnen Sie!

Schulze (überzeugt): Aber gesund, ich versichere Sie. In der Stadt ist es am besten im dritten Stock, da hat man doch Luft, Licht, Aussicht und wenig Staub.

Pastor: Jawohl.

Ännchen: Wolfgang hat es ganz nett hier. So stellte ich mir eine Studentenwohnung nicht vor. Bisschen genialer!

Schulze: Nun, mein liebes Fräulein, zu jeder Zeit dürften Sie auch nicht hereinkommen. Nun, wenn es aufgeräumt ist, gehts schon. Und in der letzten Zeit ist Wolfgang bisschen ordentlicher geworden.

Pastor: So, so. Und früher? Nun wissen Sie, ich darf ja fragen. Ich bin ein alter Freund seiner Familie, und die erste Zeit, die Wolfgang hier verlebte, war er fast täglich unser Gast.

Schulze: Ach, dem Namen nach kenn ich Sie schon, Herr Pastor. Damals war der Herr Wolfgang noch lustig und redselig, da hörte auch ich manches von ihm. Sie wohnen in der Villenstadt? Nicht wahr?

Pastor: Ja, Villenstraße 30. Wir müssen jetzt etwas mehr in Fühlung kommen.

Schulze: Mich kann's nur freuen, dass sich jemand um Wolfgang annimmt. Er steht so allein, und die Gesellschaft, in der er verkehrt, scheint mir nicht die beste.

Pastor: So, so. Ja, Ännchen . . . .

Schulze: Richtig. Ännchen heißt das Fräulein. Den Namen hört ich oft von Herrn Wolfgang

Pastor: Ännchen, schreib Du ihm unser Anliegen in einigen Zeilen auf.

Ännchen: Nun, ich will so liebenswürdig schreiben, dass er es uns nicht abschlagen kann.

Schulze: Ja warum sollte er denn abschlagen!

Pastor: Er ist auf uns schlecht zu sprechen!

Schulze: Nicht möglich, nicht möglich! Hier, Fräulein, ist Papier und Tinte. Setzen Sie sich an Wolfgangs Schreibtisch.

Pastor (leise): Frau Schulze, ein paar Worte möchte ich mit Ihnen sprechen. Ich habe Sie . . .

Ännchen (hat den Brief von vorhin bemerkt): Aber das ist doch die Schrift meiner Freundin Agnes! Väterchen, Du kennst sie ja auch! Ich täusche mich nicht.

Pastor: Ach geh! Zeig einmal. Na allerdings die Klaue sieht der Agnes ähnlich!

Ännchen (halb scherzend, halb betroffen): Am Ende ist es ein Liebesbrief?

Pastor: Warum nicht? (scherzend) Gewiss ist's einer!

Ännchen: Ach!

Pastor (zu Schulze leise): Sagen Sie, was macht Wolfgang, wie geht es ihm materiell? Hat er Geld? Sie erstaunen, aber ich muss darüber mit Ihnen sprechen.

Schulze: Herr Pastor, darüber weiß ich nichts .   .

Pastor: Nicht so laut. Ännchen soll es nicht hören.

Schulze: Was mich anbelangt, so habe ich stets das meinige bekommen. Und wenn ich auch manchmal etwas warten muss, so bin ich das gewöhnt, das macht kein Student anders.

Pastor: Also er schuldet Ihnen Geld?

Schulze: Aber Herr Pastor! . . . Diese Kleinigkeit! . . .

Pastor: Ich weiß, Sie können mich nicht verstehen! Ich muss deutlicher reden. Wolfgang hat sich mit seinem Bruder entzweit, und da sein Vermögen nicht groß war . . .

Schulze: Er lebte aber doch wie ein Cavalier!

Pastor: Eben darum. Jetzt hat er gar nichts mehr. Der Bruder kann aus eben diesem Grunde ihm offen nichts mehr geben. Er würde es vielleicht gar nicht annehmen! Aber er muss doch leben, und verdienen kann er doch nichts.

Ännchen: Väterchen, mir fällt nichts Rechtes ein! Ist's so gut genug? Diese Geschichte mit Wolfgang und Agnes! Wenn das wirklich ein Liebesbrief ist!

Pastor: Was kann Dich das aufregen?

Ännchen: Ja, aber... Lies, Väterchen, ob es so gut ist. Oder warte, ich will's noch einmal versuchen!

Schulze: Was Sie nicht sagen, Herr Pastor!

Pastor: Er hat aber treue Freunde an seinem Bruder und an mir. Was wir offen ihm nicht geben können, wollen wir heimlich thun. Ob es so gut ist, bezweifle ich, aber vorderhand! Hier haben Sie fünfhundert Mark, entschädigen Sie sich davon und tragen Sie Wolfgang volle Verpflegung an. Da er nichts hat, wird er's Ihnen nicht abschlagen! Wenn die Summe aus ist, kommen Sie nur zu mir!

Schulze: Was ist nur mit Wolfgang geschehen?

Pastor: Nichts zu schlimmes. Es wird schon wieder gut werden. Tragen Sie auch etwas dazu bei!

Schulze: Seien Sie dessen versichert!

Pastor: Nun, Ännchen, lass einmal sehen. Noch nicht fertig? Ja! Liest.) Aber ganz ausgezeichnet! Solche Liebenswürdigkeit wird er nicht abschlagen.

Ännchen: Ich weiß nicht, aber warum und woher sollte ich gerade die Macht haben, ihn dazu zu bewegen?

Pastor (lustig): So verstimmt? Ännchen, Ännchen, Du verräthst Dich. Du bist gar wohl eifersüchtig? Was diese Mädeln nur alle an Wolfgang haben!

Ännchen (verlegen): Aber Väterchen, wo denkst Du hin?

Pastor (neckend): Und die Rosen, die Du mitnahmst? Die sind jetzt wohl überflüssig, die bekommt er nicht mehr! Oder haben sie ihm gar nicht gegolten?

Ännchen: Aber Vater! Freilich, ihm brachte ich sie mit, und warum solle ich sie ihm nicht geben?

Pastor: Nun, mich soll es freuen, wenn Wolfgang es sich nicht auch mit Dir verdorben hat.

Ännchen: Könnte ich Dich so quälen, wie Du es, Väterchen, kannst.

Pastor (lachend): Also adieu, Frau Schulze, richten Sie unseren Besuch dem Wolfgang aus.

Schulze: Jawohl. Hat mich sehr gefreut. Adieu, gnädiges Fräulein!

Ännchen: Adieu. Ich lasse Wolfgang grüßen!

Pastor (schalkhaft): Und küssen!

Ännchen: Väterchen, Du bist unausstehlich!

Pastor: Nun, es ist doch kein Ernst. Adieu, Frau Schulze.

Schulze: Adieu, adieu!

VII.

Schulze: Der Wolfgang! Nein, so etwas! Und ich hielt ihn für einen Millionär! Schlecht ist er doch wohl nicht! Nur dieser Umgang! Diese Kerle fliegen das nächstemal beide hinaus! — Spielt mit den Briefen. — Und merkwürdiges Glück muss er haben! Das Fräulein ist doch auch schon in ihn verschossen! Unter zehn Briefen neun von Frauenhand! Das hätte ich ihr eigentlich sagen sollen!

Die wär' schön erschrocken! Der wird einmal zu beichten haben, bis er unter die Haube kommt! Ja, richtig! Was hat sie ihm denn geschrieben? Ich muss es lesen, eher hab' ich ja doch keine Ruh'! (Liest.) »Lieber Wolfgang! Da wir Dich nicht trafen, wollen wir Dir unseren Wunsch auf diesem Wege kundgeben. Erfülle uns unsere Bitte, Dich oft, ja täglich bei uns sehen zu können. Vielleicht sind die einstigen schönen Zeiten auch Deinem Gedächtnis noch nicht entschwunden, und sie solltest Du nicht herbeiwünschen sollen? Sei überzeugt, dass, wenn Du kommst, Du mir einen schönen Traum erfüllst, denn gern träumte ich von jenen Tagen, die jetzt wiederkehren sollen. Das sind auch des Vaters Hoffnungen und Wünsche! Also komm!« — So liebenswürdig, das verdient er gar nicht!

VIII.

Schulze: Was? Sie sind schon wieder da?

Wolfgang: Wie Sie sehen!

Schulze: Dann hatten Sie heute großes Pech!

Wolfgang: Wie so?

Schulze: Kaum waren Sie fort, kam der Pastor Rotter mit seiner Tochter, und jetzt ist er eben fort, da kommen Sie. Ich wusste halt nicht, dass Sie so bald kommen würden, sonst...

Wolfgang: Ja früher war das allerdings nicht der Fall, das soll jetzt anders werden!

Schulze: Gott sei Dank, Gott sei Dank, dass Sie so sprechen.

Wolfgang: Also wissen Sie auch schon!

Schulze: Nichts weiß ich, als dass Sie...

Wolfgang: Ach ja, wissen Sie was, Frau Schulze, es ist alles, alles wahr! Glauben Sie nur alles, und sollten Sie es selbst für unmöglich halten müssen.

Schulze: Aber es ist doch nichts gar so schlimmes! Wenn Sie nur wollten! Sie haben gute Freunde, mehr als Sie glauben. Nur die sind es nicht, mit denen Sie verkehren! Brechen Sie doch mit diesen, Sie müssen!

Wolfgang: Ich thu' es ja, sonst wär' ich wohl nicht hier!

Schulze: Freilich, freilich! Gehen Sie noch fort?

Wolfgang: Nein.

Schulze: Dann darf ich Ihnen wohl das Abendbrot bereiten. Essen Sie überhaupt bei mir. Es wird Ihnen besser bekommen! Schlagen Sie es nicht ab!

Wolfgang: Wenn es Ihnen Freude macht.

Schulze: Heute sind Sie ein Engel, Herr Wolfgang! Sie sollen auch mit mir zufrieden sein! (Ab.)

IX.

Wolfgang: Los wär' ich die Bande, aber wie! Heimlich weggeschlichen! Hahaha! Feig, feig bist du! Zu Röschen hätt' ich gehen sollen! Ich! Ich hab' schon das einemal mit der Agnes genug! Hätte

ich das nicht gethan! Ich hab' keine Ruhe mehr! Diese Angst!
Wenn's wahr wär'! Es ist nicht möglich! Wenn meine Gedanken
nur nicht so gemein wären, sie müssten mich trösten!

X.

Frau Schulze nur halb eintretend : Herr Wolfgang, ich hab' ganz vergessen. Der Pastor lässt Sie bitten, morgen zu ihm zu kommen!
Fräulein Ännchen hat es auch aufgeschrieben. Lesen Sie das
Blatt. Dort bei den Blumen! Die sind auch von ihr! Es wird Sie
sehr freuen! Ab. Es dämmert schon und wird finster.

XI.

Wolfgang liest : Ännchen, Gott, Gott! Könnt' es möglich sein? Ein
Engel steigt zu mir herab und weiß nicht, dass er nicht so tief
steigen darf! Ja, weil ich sie achte, weil ich sie verehre, weil ich
sie liebe, damit diese Gefühle wahr und edel bleiben, darf ich
nicht einmal an sie denken. Welcher Lohn stände mir bevor!
Ach, ich kann ja nicht! Sie täuschen und betrügen? Und ihr ge-
stehn? Nein, nein, nein! Mit Abscheu muss sie sich von mir
wenden! Bist du mir schon wieder im Weg, Agnes? Lass mich
doch! Du hast kein Recht auf mich! Du hast meine Sinne ver-
wirrt, ich handelte im Wahnsinn! Ja, aber Du kannst ein Recht
erhalten! Entsetzlich! Sich zur Ruhe zwingend. Wer wird auch
gleich das Schlimmste denken! (Nervös.) Finde ich keine Ruhe?
Ruhe will ich haben. Es ist zum rasend werden . . . . Arbeiten
kann ich nichts! Mein Gott, von Agnes! Hat den ersten Brief
erblickt. Fort, fort damit! Ich darf nichts lesen. Ich will nichts
gewusst, nichts gehört, nichts gelesen haben! Feig bist Du, feig!
Ja, da drinnen steht's! Es muss drinnen stehen! Sie muss es jetzt
schon wissen! Hier ist die Entscheidung! (Weicher, da sich ihm
eine Hoffnung bietet.) Vielleicht bin ich der glücklichste Mensch
im nächsten Augenblick. Wär's möglich? Gott, Gott, lass es so
kommen, ich könnte ja wieder ruhig athmen! Öffnet. Ganz leise.
Bin ich Vater, bin ich es nicht? (Liest mit bebender Stimme. »Wolfgang, Du wirst Vater sein. Thu' Deine Pflicht. Ich allein bin zu
schwach, meine Schande zu tragen.« (Furchtbarer Aufschrei.) Ich bin
verloren!

XII.

Schulze stürzt erschrocken in's Zimmer : Haben Sie gerufen? Ist Ihnen
etwas geschehen? Sie haben es ja ganz finster! Ich bring' eine
Lampe!

XIII.

Wolfgang verzweifelt : Jetzt wären wir fertig! Welch' entsetzliche
Qualen! Mich armen, unbeständigen, charakterlosen Menschen vor
eine Entscheidung zu stellen, wo selbst ein starker Mann schwanken
könnte! Jetzt soll ich stark sein! Jetzt auf einmal stark sein! Ich

kann's nicht! Jch bin ja nur ein Mensch, ein schwacher, erbärmlicher Mensch! Geschehe, was da will. Ich kann nichts hindern. Meine Kraft ist zu Ende.

XIV.

Schulze (mit einer Lampe): Mein Gott, wie sehen Sie aus! Sind Sie krank?

(Der Vorhang fällt langsam.)

III. A C T.

Eine Woche später. Vormittag. Zimmer des ersten Actes.

I.

Pastor (links eintretend): Es ist Wolfgang nicht gewesen. Ich bekam ein Telegramm. (Öffnet und liest.) »Erwarte mich heute Mittag. Gottfried.«

Ännchen: Was? Gottfried kommt? Schon wieder?

Pastor: Ja, schon wieder. Er kommt wohl, um unsere Erfolge zu sehen, von denen ich ihm diese Woche nichts berichten konnte. Es ist ärgerlich! Man kann doch nicht gut in acht Tagen Fehler von Jahren gutmachen. Das könnte er auch bedenken! Und dieser Wolfgang! Ich habe wirklich Angst um diesen Menschen. Welch ein Trotz! Ich kann doch nicht alle Tage zu ihm laufen, um ihn aufzufordern, zu ersuchen, zu bitten, nicht böse darüber sein zu wollen, dass er mich beleidigte! Ach!

Ännchen: Ärgere Dich nicht, Väterchen. Vielleicht kommt er heute.

Pastor: Vielleicht, vielleicht! Das sagen wir jetzt schon acht Tage, und er kam immer noch nicht. Er wird auch nicht kommen.

Ännchen: Das glaub' ich nicht! Wolfgang kann nicht so sein! Er fühlt sich tief beschämt. Und wenn es ihn das erstemal schon so schwer wurde und so gänzlich missglückte, wie sollte es ihm ein zweitesmal leichter sein?

Pastor: Wenn er sich nur schämen wollte; das wäre ihm schon heilsam.

Ännchen: Gewiss ist's so. Wenigstens nach dem zu schließen, was ich weiß! Freilich ist es mir, als sei viel Schlimmeres gescheh'n, was Du, Väterchen, mir verheimlichen willst. Ich will nicht wissen, was vorgefallen ist, aber die Feindschaft oder besser, das Zerwürfnis der Brüder braucht doch nicht auch Wolfgang von Dir loszureißen! Sieh! Das beunruhigt mich so. Ich finde keinen Grund hinreichend, mir Wolfgangs Vergehen gegen Dich zu erklären. Dass er Dich in der Aufregung beleidigte, müsste ihm, so wie ich ihn kenne, nur ein neuer Grund sein, sobald als möglich zu kommen, um Dich um Verzeihung zu bitten. Und ferner,

warum sollte Wolfgang nicht wie Gottfried sich versöhnen wollen?
Was hat jener ihm gethan? Darf ich es wissen? Du sprichst
immer bloß von der Feindschaft der Brüder, weshalb sie ent-
standen, das sagst Du mir nicht!

Pastor: Kind, das brauchst Du nicht zu wissen. Du würdest es nicht
begreifen können, und ich will Dir keine Träume zerstören!

Ännchen: Räthsel können mir keinen Aufschluss über räthselhafte
Vorfälle geben. Ich will nicht mehr fragen. Nur das Eine sag'
mir: Wer ist schuld, Gottfried oder Wolfgang?

Pastor: Wolfgang!

Ännchen: Wolfgang? — Das hätte ich nicht gedacht!

Pastor: Kind, mache Dir keine Sorgen! Lass das unsere Sache sein.
Vielleicht bringt die nächste Zeit wieder Klarheit, und dann ist
es gut gewesen, wenn Du nichts erfahren hast. Sollte es aber
schlimm enden, so wirst Du es zeitig genug erfahren! Und Du
wünschst sicherlich auch das erstere! Also keine trüben Gedanken! Ich selbst bin ja schon ganz ruhig gewesen, nur dieses
Telegramm schreckte mich. Es braucht ja aber in gar keinem
Zusammenhang mit Wolfgang zu stehen!

Ännchen: Ich weiß nicht, ob er zu wünschen oder zu fürchten ist!
Väterchen, ich geh' jetzt wieder auslugen, ob er kommt. Es
ist so schön im Garten. Kommst Du vielleicht mit?

Pastor: Ja, einen Augenblick Geduld. Ich habe noch etwas zu er-
ledigen. Ja, was hast Du denn?

Ännchen: Väterchen, ich trau' meinen Augen nicht. Wolfgang kommt!
(Pastor sieht auch durch die Glasthür.)

Pastor (sehr freudig): Richtig! Wenn man nicht wartet, so kommt er!
Bleib hier, zeig' Dich nicht!

Ännchen: Warum nicht? Sollen wir ihm nicht zeigen, dass wir auf
ihn warten? Wie langsam er nur geht!

Pastor (vergnügt): Nun, er ist doch schon bei der Thür. — Alle
Wetter! Jetzt zieht er gar die Uhr heraus, als ob es auf Secunden
ankäme, wo er uns schon so lange warten lässt.

Ännchen (ängstlich): Er geht ja weiter!

Pastor: Bleib' nur, bleib'! Er wird schon wieder umkehren.

Ännchen: Aber wenn er uns sehen würde, müsste er doch Muth
fassen!

Pastor: Ach, das schadet ja nichts, wenn der ein bisschen weniger
Courage mitbringt. Siehst Du, jetzt dreht er wieder!

Ännchen: Gott sei Dank!

Pastor: Eine wandelnde psychologische Studie! Jetzt sieht er am
Ende wieder auf die Uhr! Also Muth, fass die Klinke! Die Thür
geht etwas schwer, das wird Dich doch nicht abhalten. Nur
zu! Nicht?

Ännchen: Vater, ich sag' Dir's, er geht fort; das verantworte ich
nicht! (Macht sich los und läuft auf die Veranda und ruft): Wolfgang!
Wolfgang! Endlich!

Pastor: Mädel! — Nun, sie mag es ihm leichter machen!

Ännchen (eintretend): Dass er kommt, ist einzig und allein mein Verdienst! Willst Du ihm nicht öffnen?

Pastor: Nun, wenn ich Dir auch das weitere überlasse, die erste Unterhaltung. Du wärst schön hineingefallen!

Ännchen (drängend): Geh', öffne ihm schnell! Lass ihn nicht warten. Ich will mich zuerst nicht zeigen!

Pastor: Sehr schlau! (Zögert absichtlich.)

Ännchen: Geh' doch schon!

Pastor: Nun, er wird doch nicht fortlaufen. Am Ende ist er schon wieder fort.

Ännchen: Ach! (Drängt den Pastor zur Thür [links] und entfernt sich rasch [rechts].)

II.

Pastor (beim Eintreten, heiter): Wolfgang, da wärest Du endlich. Tritt ein. Lang hast Du uns warten lassen. Ich werde Dir schon noch den Text lesen! Aber wie siehst Du denn aus! So bleich! Bist Du krank?

Wolfgang (niedergeschlagen): Herr Pastor, wie kann ich gesund sein?

Pastor: Nur nicht den Muth verloren! Kopf hoch! Abrechnen mit der Vergangenheit. Die Gegenwart im Auge behalten! Was geschehn ist, ist geschehn! Daran kann man nichts ändern, aber was geschieht, dafür ist man verantwortlich, dafür hast Du zu sorgen!

Wolfgang (geängstigt): Doch die Folgen der begangenen Thaten, sie lassen mir keine Ruhe! Das böse Gewissen, Pastor, ich leide furchtbar. Die ganze Woche hatte ich keinen ruhigen Augenblick, erst hier athme ich wieder auf. Sie müssen mir helfen, wenn mir noch zu helfen ist.

Pastor: Warum kamst Du denn nicht schon früher?

Wolfgang: Ich schämte mich, ich wollte überhaupt nicht kommen, nicht kommen können, da ich nicht mehr leben wollte. Allein auch dazu hatte ich keinen Muth!

Pastor: Um Himmelswillen, was fällt Dir ein? So groß ist doch Deine Schuld nicht! Nur nicht verzweifeln! Dass Dein Vermögen fort ist? Nun, so schaff' Dir eins und es wird für Dich einen größeren Wert haben! Dass Du Dich an Deinem Bruder vergangen hast, ist beklagenswert, doch bedenke, dass der Bruder am liebsten und ehesten verzeiht! Dass er schon verziehen hat, wenn Du nur willst!

Wolfgang: Ich will, ich will ja alles! Aber kann ich's?

Pastor: Nicht so gesprochen! Was man will, das kann man auch! Nur muss man es wirklich wollen!

Wolfgang: Das scheint euch Männern von Charakter so, aber ich, ich lege mir die Gründe meines Wollens vor. Sie sind gut, ich muss es mir sagen, sie sind die einzig guten, ich weiß es, aber wenn es zum Handeln kommt, ist mir die Macht entrissen. Ich kann nicht! Es ist schon zu spät, ich bin verloren!

Pastor: Muth, Muth! So darfst Du freilich nicht sprechen und noch viel weniger denken! Sich nur nicht selbst verloren geben! Hast Du denn kein Selbstbewusstsein?

Wolfgang (bitter): Mehr, als mir gut thut, doch nur von der schlechten Sorte!

Pastor: Und wenn Du allein wirklich zu schwach wärst? Du hast doch Freunde, die Dir helfen wollen. Du musst sie nur suchen und ihnen Deine Noth zeigen. Sie müssen das Gespenst sehen, das Dir so furchtbar, so unbezwingbar scheint. Mir ist fast so, als wüsste ich nicht alles, als bedrückte Dich eine Schuld, die, da um sie niemand als Du allein weißt, um so schwerer auf Dir lastet. Du musst Dich mir offenbaren! Ich muss wissen, wie es in Dir aussieht.

Wolfgang: Schwarz, schwarz! Ich erschrecke vor mir selbst!

Pastor: Also Licht hinein. Die Strahlen der Freundschaft werden es wieder hell machen!

III.

Pastor: Da bist Du ja, Ännchen. (Wolfgang springt auf, bleibt schüchtern stehen. Ännchen ist gleichfalls befangen.) Wolfgang! Ännchen! Ja, was ist Euch denn? Kennt ihr Euch denn nicht mehr? So begrüßt Euch doch so herzlich, wie es sich für so gute, alte Bekannte schickt.

(Ännchen geht auf Wolfgang zu. Händedruck.)

Pastor: Nein so etwas!

Ännchen: Endlich gekommen, Wolfgang! Wir haben gewartet!

Wolfgang: Freilich etwas spät.

Pastor: Ach, wenn Du nur da bist! Und jetzt musst Du versprechen, täglich zu kommen! Möchtest Du überhaupt nicht ganz bei uns bleiben?

Wolfgang: Nein, nein, ich danke Herr Pastor! Ich bin ja ganz gut aufgehoben in meiner kleinen Wohnung!

Pastor: Nun ja, die Schulze scheint eine ordentliche brave Person zu sein. Wir lernten sie ja vor einer Woche kennen! (Komisch ernst.) Hör' mal, Junge, schon eine ganze Woche ließ'st Du uns warten! Das ist stark!

Ännchen: Nun, mir gefiel es auch ganz gut bei Dir! So schön stellte ich mir's nicht vor! Aber man kann . . .

Pastor (gemüthlich): Bist Du glücklich bei Deinem Steckenpferd? Was ihr Frauenzimmer für ein Talent habt, auf etwas zu sprechen zu kommen! Na, jetzt wappne Dich mit kaltem Blute, Wolfgang!

Ännchen: Ich wollte nur sagen, dass man trotz der größten Ordnung manches sehen kann, was man eigentlich nicht sehen sollte! Zum Beispiel . . . Du verzeihst doch meine Aufrichtigkeit, Wolfgang? Stockt doch ein wenig und spricht schnell.) Sag' mal, Wolfgang, was macht denn Agnes? (Wolfgang erschrickt, erbleicht, fährt empor und lässt sich wie besinnungslos in den Stuhl zurückfallen.) Aber Wolfgang!

Pastor: Nanu? — Wolfgang, was ist Dir?
Wolfgang: Nichts, nichts. Ich bin nervös. Ich erschrecke so plötzlich über nichts. Es ist schon wieder gut!
Ännchen: Soll ich etwas holen? Wein?
Pastor: Ja, Ännchen! Bring es. Wolfgang, Du musst Dich stärken!

IV.

Pastor: Nein, Wolfgang, das geht nicht so weiter! Du bist krank! Du brauchst einen Arzt für Leib und Seele! Wende nichts dagegen ein! Dir muss gründlich geholfen werden!
Wolfgang: Ach, es steht wohl nicht dafür!
Pastor: Um so gründlicher! Und zwar bleibst Du bei mir im Haus. Wir wollen alles mit Deinem Bruder besprechen. Er kommt heute Mittag.
Wolfgang (erschrocken): Was? Gottfried kommt? Ich muss fort, es ist alles aus!
Pastor: Aber Wolfgang, was fällt Dir ein? Es trifft sich doch alles, wie vom Schicksal gesandt. Ich ärgerte mich schon, als Du noch nicht hier warst! Nein, Du bist nicht hergekommen, um das alte Spiel fortzusetzen! Du wirst Dich mit Gottfried aussöhnen. Und die drückendste Last ist von Dir genommen!
Wolfgang: Das glaubst Du! Ach!
Pastor: Gottfried ist Dein bester Freund. Er hat Dir schon verziehen, und Du, der Du nichts zu verzeihen hast, der Du nur bitten solltest, könntest Dich weigern?
Wolfgang: Gut, ich will Gottfried erwarten und ihn bitten, wenn er noch darum steht.
Pastor: Aber Wolfgang!
Wolfgang: Du kannst mich nicht verstehen. Bald . . .

V.

Ännchen: Hier ist der Wein! Ist Dir schon besser, Wolfgang? Bitte, trinke herzhaft!
Wolfgang: Danke. — Es thut mir gut. Ich fühle ordentlich, wie ich Kraft und Muth bekomme!
Ännchen: Gott sei Dank!
Pastor: Noch ein Gläschen.
Ännchen (heiter): Du hast mich erschreckt, Wolfgang! Was muss Dir nur geschehen sein?
Wolfgang: Ich sah ein Gespenst.
Ännchen: Hu! Wie sah's denn aus?
Wolfgang: So genau konnt ichs nicht sehen. Aber es kommt öfters! Immer so ganz plötzlich von rückwärts schlägt es mich auf die Schulter! Das gibt so einen Ruck durch alle Glieder!
Ännchen: Und wann kommt es denn immer?
Wolfgang: Immer ganz unerwartet, wenn ich mich an etwas unangenehmes erinnere oder erinnert werde.

Pastor (heiter): Aber wie kann es Dir denn unangenehm sein, wenn man von Agnes spricht. Wolfgang, in dem Briefe, den Ännchen voll Entsetzen bemerkte, muss doch viel Angenehmes gestanden sein?

Wolfgang: Wie Ihr vermuthet. Es sind eben Vermuthungen. Den Brief wollte ich lieber nie erhalten haben!

Ännchen: So? So war er also kein Liebesbrief?

Wolfgang: Vielleicht doch, aber der letzte, den man zu schreiben pflegt.

Ännchen: Und den wolltest Du nicht empfangen haben? Also Du liebst Agnes und sie Dich nicht?

Pastor: Die reinste Inquisition. Frag ihn doch nicht so aus!

Ännchen: Ist es Dir unangenehm, wenn ich frage, Wolfgang? Sag es mir! Ich scherze nicht gern!

Wolfgang: Nein, nein! Ännchen, es ist eine traurige Sache, von der wir da halb scherzend sprechen! Dass ich eben Agnes nicht lieben kann, sie aber mit aller Herzensmacht an mir hieng — jetzt wird sie es wohl auch nicht mehr — das ist das Schreckliche!

Ännchen: Was ist da schrecklich? Ich finde nichts schreckliches darinnen, dass Du sie nicht liebst!

Pastor: Ist nichts schreckliches, allerdings!

Ännchen: Und dass sie ihn liebt . . .

Pastor (schnell ergänzend): . . . und er sie nicht .

Ännchen (fortfahrend): Doch auch nicht.

Pastor: Oho! (lacht.) Keine Logik, Frauenzimmer! Wenn Dir's zum Beispiele so gienge, wär's nicht nur schrecklich, sondern auch grässlich, furchtbar, entsetzlich, abscheulich!

Ännchen: Nun ja für die Betreffende, aber für die Andern!

Pastor: Sehr schön, sehr schön! Sehr viel Rücksicht! Na, unter euch und in Liebessachen noch dazu nehmt ihr freilich herzlich wenig Rücksicht! (neckend) Ännchen, jetzt aber sag ich es, damit Wolfgang Dich doch versteht!

Ännchen (etwas erzürnt, doch scherzend): Väterchen, misch Dich nicht hinein. Du scherzest immer, wo nichts zu scherzen ist. Und wenn er's wird wissen sollen, so werd ich es ihm allein sagen.

Pastor: Da soll ich wohl fortgehen?

Ännchen (schärfer, berichtigend): Werde ich, ich, ich und niemand Anderer, werde ich allein es ihm sagen. Mag jemand dabei sein oder nicht!

Pastor (scherzend): Nun, und wenn's Dir dann so geht, wie der Agnes?

Ännchen: Aber! — Nun freilich, das ist seine Sache!

Wolfgang (der traumverloren dagesessen ist): Ihr sprecht von mir?

Pastor: Ja und (Geberde auf Ännchen) von ihr!

Ännchen: Väterchen, Du bist unausstehlich!

Pastor (komisch ernst): Kurz und gut, Wolfgang, Ännchen ist auf Dich sehr schlecht zu sprechen! Sie hat lang auf Dich gewartet, und Du kamst nicht; sie erwartete in Dir den lustigen Spielkameraden, und der bist Du nicht mehr; und dann die Geschichte mit der Agnes, auf die sie, nebenbei gesagt, furchtbar eifersüchtig ist — Alles in Allem befähigt sie Dir die versprochene und verdiente

Standrede zu halten. Ich will Euch nämlich allein lassen, da ich Gottfried entgegengehen will. Dieser gute Gedanke ist mir jetzt eben erst gekommen.

Ännchen: Sehr richtig! Vorhin fiel Dir allerdings nichts gutes ein, Du schlimmer Vater Du! Also adieu!

Pastor (im Scherz drohend): Du, Du, Du! Na, nach zwölf sind wir wieder da! Erwartet uns in der fröhlichsten Stimmung. Adieu! (ab — Pause.)

VI.

Ännchen: Dir ist doch wieder ganz gut? Weil Du so schweigsam bist.

Wolfgang: Ach ja! — (Pause.)

Ännchen: Nun, früher hast Du mehr gesprochen, ich meine vor Jahren! Übrigens hast Du Dich verändert!

Wolfgang: Zum Vor- oder Nachtheil?

Ännchen: Natürlich zum Nachtheil; denn sonst könntest Du nicht so fragen! (scherzend naiv.) Sag einmal, wie mach ich mich denn?

Wolfgang: Überaus vortheilhaft; natürlich spreche ich nur aus Opposition so. Ja ganz gewiss!

Ännchen: Spotten hast Du noch nicht verlernt. Darin warst Du stets groß. Darauf vergaß ich ganz, ich wäre Dir sonst anders gekommen. Ich hätte die große Dame gespielt. Ich treff es schon! (carikiert.) Ich bitte, mein Herr, sie langweilen mich furchtbar!

Wolfgang: Na, ich langweile mich durchaus nicht, mein gnädigstes Fräulein; also scheint es ganz auf Ihrer Seite zu beruhen.

Ännchen: Ach, hör mir auf! Mit Dir kommt man auch weit! Glaubst Du, dass ich Dich nicht ärgern kann? Ob ich's treffe! Antworte! Was macht das Studium? Prüfungen bestanden, durchgefallen mein Herr?

Wolfgang: Ich arbeite nichts, also thu' ich nichts dergleichen!

Ännchen: Nun, was gedenken Sie denn zu werden?

Wolfgang: Darüber hab ich mir schon den Kopf zerbrochen, nicht nur bildlich, sondern auch de facto, so dass er zu nichts mehr taugt! Ja, selbst als Schreiber bin ich nicht zu gebrauchen gewesen!

Ännchen: So? Nun gerade schön hast Du nie geschrieben! Doch wie kommst Du darauf?

Wolfgang: Wenn man kein Geld hat, muss man sich doch etwas verdienen!

Ännchen: Und deshalb wolltest Du Schreiber werden? Ach du meine Güte, die arme Agnes! Eine Schreiberliebe . . Das hast Du ihr doch mitgetheilt? Übrigens hör' mal, Du bist aber auch ordentlich herabgestimmt mit Deinen Zukunftsplänen, Du großer Redner, Gelehrter, Staatsmann!

Wolfgang: Ja, man wird halt gescheiter!

Ännchen: Das nennt man gescheiter werden!

Wolfgang: Gewiss?

Ännchen: Ich nenn's nicht so.

Wolfgang: Wie denn?

Ännchen: Alt werden, alt im schlimmsten Sinne des Wortes.

Wolfgang: Wenn man älter wird, wird man doch auch gescheiter!

Ännchen: Nicht immer! Zum Beispiel, wie jetzt! Wir werden jede Secunde älter und reden nichts gescheites!

Wolfgang: Daran bin ich nicht schuld!

Ännchen: Aber Wolfgang! Du bist unmanierlich geworden! Wenn ich Agnes wär, ich würde Dir das nicht dulden!

Wolfgang: Was sich neckt, das liebt sich!

Ännchen: So? Ja, gewiss — ja — (stockt).

Wolfgang (erschrocken): Ännchen, hab ich Dich beleidigt?

Ännchen (heiter): Beleidigt? Mich? Wie? Wodurch?

Wolfgang: Ich sprach ohne zu denken!

Ännchen: Ja, was denn?

Wolfgang: Ich sagte das Sprichwort vorhin ohne Absicht und Grund.

Ännchen: Dann allerdings fühle ich mich nachträglich beleidigt!

Wolfgang: Ännchen, nicht weiter, Du verwirrst meine Gedanken!

Ännchen: Ich? Du bist ein merkwürdiger Mensch!

Wolfgang: Nicht wahr! Ich bin ganz verrückt! Absolut untauglich zu allem. Ich muss mich nächstens erschießen.

Ännchen (komisch): Nun! Meinetwegen. Es wird mich ein wenig betrüben, aber ich werde mich schon wieder trösten!

Wolfgang: Also gut, versprich es mir, dass Du nicht zu sehr um mich trauern wirst!

Ännchen (komisch ernst): Eingebildeter Mensch! Du bist mir so gleichgiltig, dass ich es kaum sagen kann.

Wolfgang (zieht eine Pistole aus der Tasche): Schau, Ännchen, dies niedliche Ding. Ich trag es stets bei mir.

Ännchen: Gib das fort, Wolfgang!

Wolfgang: Ja, ich scherzte doch nicht. Bis ich so einmal recht in der Stimmung bin, dann segeln wir ins Jenseits!

Ännchen: Steck das ein! Ich kann's nicht sehen, es geht am Ende los! Spiele nicht mit Schießgewehre. — Oder gib mir das Ding lieber. Bei mir wirds besser aufgehoben sein. Du, bei Deinem Rappelkopf! Bitte, bitte! Wie fasst man's denn an? (ängstlich). Fuchtel damit nicht so herum.

Wolfgang: Das Ding bekommst Du nicht (steckt sie ein). Warum bist Du denn auf einmal so besorgt? Ich bin Dir doch so gleichgiltig?

Ännchen (treuherzig): Na, ich kann Dir's doch nicht auf die Nase binden, dass ich Dich gern hab!

Wolfgang: Ännchen!

Ännchen: Ja so! Ich hab mich versprochen!

Wolfgang: Versprochen? Du vergiltst mir von vorhin?

Ännchen: Ich hab mich wirklich nur versprochen! Was willst Du von mir? Du hast ja Deine Agnes!

Wolfgang (unsicher, tonlos): Ja so, ich vergaß! Ich darf ja kein Glück mehr haben. Ich vergaß einen kurzen Augenblick, was ich nicht vergessen darf!

Ännchen: Was hast Du denn schon wieder? So eine zarte Seele! Aus einer Sentimentalität in die andere! Mir gefällt, das will ich Dir gleich sagen, nur ein Mann, der tapfer ist, den nichts betrüben, ärgern, beunruhigen kann, der muthig, kühn und stolz ist, stolz auf sich selbst und seine Thaten, und wären sie selbst die eines Rinaldo!

Wolfgang: Weshalb sagst Du das m i r?

Ännchen: Hast Du denn keine Absicht, so ein Mann zu werden?

Wolfgang: Es steht nicht mehr dafür!

Ännchen: Ei! Gut, dass ichs weiß!

Wolfgang: Ännchen, lass das Scherzen. Mit mir wills nicht mehr gehn!

Ännchen: Das seh ich!

Wolfgang (weich): Ännchen, wenn ich Dich um Eines bitten darf, so höre mich. Folge mir aber und frage nach keinen Grund. Ja?

Ännchen: Was wird da wieder herauskommen?

Wolfgang: Ännchen, mag es Dir auch seltsam scheinen, allein mein Instinct heißt mich reden! Schenke mir nie mehr als Freundschaft. Mehr als diese kann ich weder verlangen, noch erwidern!

Ännchen: Das versteh' ich nicht!

Wolfgang: Ännchen, ich wollte Dich bitten, mir ein Freund zu sein, ein edler und treuer. Aber ich verdiene kaum das!

Ännchen: Aber Wolfgang! Das bin ich Dir doch stets gewesen! Was hast Du für sonderbare Grillen?

Wolfgang: Ja, aber sei nie mehr als mein Freund. Kannst Du das versprechen?

Ännchen (weich): Was könnte ich Dir denn mehr sein?

Wolfgang: Ännchen, Ännchen! Wohl Dir, wenn es so ist! Es wird Dir arger Schmerz erspart bleiben!

Ännchen: Ach jetzt gehst Du auch noch unter die Propheten! (Man hört den Pastor reden.) (Freudig:) Sie kommen! Gehn wir ihnen entgegen. Komm!

Wolfgang: Nein, Ännchen, ich kann nicht!

Ännchen: Ja so, Dein Bruder! Jetzt wirst Du wieder einmal nach Herzenslust sentimental sein können. Versöhnt Euch nur bald und schnell! (macht es ihm komisch vor.) Da hast Du die Hand! Er schlägt ein! Drücke fest, je fester, desto besser! Womöglich ein Kuss! Und gut ist die ganze Geschichte. Ach es wird so schön werden! (hängt sich in ihn ein und bleibt so stehen.)

VII.

Pastor: Nun, wenn Dich auch diese unsere Erfolge nicht freuen, dann weiß ich nichts mehr mit Dir anzufangen. Was hast Du nur? Nicht ein Wort auf dem ganzen Weg aus Dir herauszubringen! Und jetzt wieder diese Scene!

Gottfried (sucht nach Selbstbeherrschung, als er Ännchen mit Wolfgang erblickt. Er will reden, findet keine Worte).

Ännchen: Herr Gottfried, wenn Sie Wolfgang schwer gekränkt hat, so verzeihen Sie ihm doch. Ich bitte Sie darum in seinem Namen. (Zu Wolfgang): So reich ihm doch die Hand! (sie nimmt sie.)

Gottfried (sich kaum fassend, mit bebender Stimme): Lassen Sie das, Fräulein Ännchen, lassen Sie das! Lassen Sie den Buben los! Greifen Sie ihn nicht an! Sie besudeln sich!

Ännchen (schreit auf).

Pastor: Gottfried! Gottfried!

Wolfgang (ist erbleicht, er lässt Ännchen, die in Thränen aufgelöst ist und sich auf ihn stützt, in einen Fauteuil gleiten. Er will plötzlich entfliehen).

Gottfried (mit Donnerstimme): Halt! Halt! Ahnst Du vielleicht, was ich von Dir will? So gib mir die Bestätigung!

Pastor: Um des Himmelswillen, was geschieht denn hier? Du bist in meinem Haus, Gottfried! Ein solches Vorgehen kann ich nicht dulden!

Gottfried: So lasst mich allein mit ihm, wenn Ihr nicht Zeugen sein wollt. Ich habe mit ihm ein letztes Wort zu sprechen! Es dauert nicht lang. Ich bitte Euch!

Pastor: Komm Ännchen! Gottfried beherrsche Dich! Wolfgang, ruhig! (ab.)

Ännchen: Sie sind ein böser Mensch! (zu Gottfried) (ab).

VIII.

Wolfgang (sucht die Thüre zu gewinnen).

Gottfried: Jetzt fliehe nicht, wo es zu spät ist. Bleibe! Was hast Du an Agnes verbrochen? Mensch, Mensch, ist es wahr, was sie in den Tod getrieben hat? Ja, ja, sie ist todt. Man fand sie im Wasser! Und Du bist ihr Mörder! Sie hat Euer Geheimnis nicht mit in den Tod genommen, so wie Du, Elender, es vielleicht gewünscht hättest. So edelmüthig handelte sie nicht an einem Schurken. Was willst Du noch hier, was willst Du unter uns? Schlingst Du Deine Netze bereits um ein zweites Opfer? (Wolfgang eilt fort.) Nicht fort! Bleiben! Hören! (fasst ihn an.) Weißt Du, was Du nun zu thun hast? Weißt Du es? Bist Du nicht zu feig dazu? So geh! (schleudert ihn zurück) Fort!

Wolfgang (wie betäubt, sucht nach der Pistole, ohne sie zu finden. Schreit heiser:) Erbärmlicher! — (stürzt ab).

IX.

Pastor (der schon das vorhergehende zum Schlusse gesehen hat): Wolfgang! Was hast Du gethan, Gottfried? Wohin rast Wolfgang! Was hast Du ihm gesagt? Gottfried, Gottfried, Du hast Übles im Sinne! So rede doch!

Gottfried: Höre und verstehe mich! Er hat mir mein Heiligthum, das ich einst zu besitzen hoffte, besudelt, zerstört, geschändet! Er hat mir meine Agnes geraubt!

Pastor: Was?

Gottfried: Er hat Agnes in den Tod getrieben!

Pastor: Wer? Wolfgang? — Und Du? Jetzt willst Du ihn in den Tod treiben? Du kamst, um Dich zu rächen an Deinem Bruder?

Gottfried: Ich kam, um ihn zu fragen, ob er wisse, was er zu thun habe. (Leidenschaftlich.) Was will er unter uns, der Bube! Hat er Dich noch nicht betrogen? Hüte Dich und Deine Tochter!

Pastor: Das ist schlecht, das ist erbärmlich gesprochen!

Gottfried: Pastor! (Ännchen tritt ein.)

Pastor: Brudermord, Du könntest es wollen?

Gottfried: Selbstmord! Es gibt keinen Ausweg!

Pastor: Ja, bist Du denn von Sinnen? Das darf nicht geschehen. Ich werde dafür sorgen!

X.

Ännchen: Es darf nicht geschehen! Was es auch sei, Vater, rette Wolfgang! (Pastor rasch ab.)

XI.

Gottfried (bitter): Hat er Ihre Sinne auch schon bethört? Haben Sie sich in seinen Netzen auch schon gefangen?

Ännchen: Ich verstehe nicht! Doch, was Sie reden, scheint frevelhaft. Sie hassen Ihren Bruder, aber ich liebe ihn!

Gottfried: Hahaha! Umsomehr muss ich ihn hassen!

Ännchen: Sie wollen, dass er sich tödte, wissen Sie, was Sie da verlangen?

Gottfried: Wissen Sie, warum ich es thue? Wissen Sie, was Wolfgang gefrevelt, das solche Sühne fordert?

Ännchen: Eine Sühne, und d a s verlangen Sie von ihm, kann nichts gut machen!

Gottfried: Doch unschädlich!

Ännchen (entsetzt): Hören Sie auf! Reden Sie kein Wort mehr! — Oder verschweigen Sie mir nichts. Sagen Sie mir alles! Lassen Sie mich wissen, dass Sie nicht anders sprechen, nicht anders handeln können! Vielleicht kann ich helfen.

Gottfried (weicher): Das wohl nicht! Aber Ihnen, Ännchen, kann geholfen werden!

Ännchen: So sagen Sie mir alles, alles!

Gottfried: Sie kennen ja Agnes. Sie war auch Ihre Freundin! Sie ist todt! Wolfgang hat sie in den Tod gejagt!

Ännchen: Was? Agnes hat sich gemordet? Agnes? Das ist doch aber nicht Wolfgangs Schuld? Er konnte sie nicht lieben! Er hat sie nie geliebt!

Gottfried: Ja, das hat er nicht! Denn sonst wär's wohl nicht so weit gekommen. Aber er hat sie verführt, verlockt, wie er es mit Ihnen thun . . .

Ännchen: Gott im Himmel! Nein, nein, nein! Schweigen Sie!

Gottfried: Wollen Sie mich ruhig anhören, Fräulein Ännchen? Oder soll ich schweigen? Dann erspare ich mir Worte und Ihnen Enttäuschungen!

Ännchen: Reden Sie, reden Sie! Mein Herz wird standhaft sein! Ich bitte Wahrheit! Ich muss klar sehen!

Gottfried: Ich habe Agnes geliebt, ich hoffte sie zu meinem Weibe zu machen! Ihr Zurückhalten, ihre Abweisungen, ich verstand sie nicht, allein sie konnten mich nicht abschrecken, denn meine Gefühle waren aufrichtig! Ich wusste ja nicht, dass sie nicht frei war, dass sie sich gebunden hielt durch das Wort eines Schurken, der sie in Schimpf und Schande gestoßen! Ich ahnte nicht, dass sie mich nicht erhören durfte, da sie sich meiner nicht würdig hielt! Und ich habe sie mit ansehen müssen, die Qualen, die Leiden, die sie ausstand, und ich konnte nicht helfen! O, sie hätte mich geliebt, aber sie durfte nicht! Ja, noch mehr! Ich musste sehen, wie das Opfer meines Bruders dahinsiechte, gebrochen an Leib und Seele, ich musste seine ganze Grausamkeit mitkosten! O, Fluch über den nichtswürdigen Buben! Wie er sie behandelte, als sie ihm ein Recht auf seine Sorge, wenn schon nicht auf seine Liebe, geltend machte! Ich bekam seine gemeinen Zeilen vor Augen, in denen er sich von ihr lossagte und meinte, er lasse sich durch solche Kindereien nicht schrecken! Das war zu viel für sie. Sie offenbarte mir, ihrem treuen Freunde, in einem Brief ihr ganzes großes, unnennbares Leid und dankte mir für meine Liebe, die mein Bruder, so soll ich diesen . . . nennen, ihr entzog! Ich wollte das Unglück verhüten, allein, schon war es zu spät. Sie wurde bereits vermisst, und wie fand ich sie wieder! Verstehen Sie mich jetzt? Können Sie mich entschuldigen?

IV. ACT.

Zimmer des zweiten Actes. — Derselbe Tag. Nachmittag bis gegen Abend.

I.

Pastor: Also ist alles wahr?

Wolfgang: Ja Pastor! Reden Sie nicht weiter, Ich, ich bin ganz allein schuld, ich bin daran schuld, ich ganz allein! Nur mein Tod . . .

Pastor: Rede nicht so! Das darfst Du nicht thun! Was würde Dir das nützen? Glaubst Du dadurch auch nur etwas gutzumachen? Wolfgang, ich bin gekommen, Dich zu warnen, Dich zu bitten, diesen Schritt nicht zu thun. Um Deiner, Deines Bruders und unser selbst willen! (Warm.) Sieh! wenn Du ein rechtschaffener Mann wirst, eine Genugthuung gibst Du Dir und der Welt. Was die vorschnelle Jugend verbrochen hat, kann noch verschmerzt werden, und wär es noch so schlimm. Wenn Du auch nicht hier bleiben kannst und willst, die Welt ist groß und weit! Weit von hier brauchst Du niemandem argwöhnen, dort bist Du allein und so gut, als Du eben sein willst!

Wolfgang: Aber vor mir selbst fände ich keine Ruhe, keinen Trost!

Pastor: Ja, dies Glück hast Du vorderhand Dir verscherzt, aber eine Strafe muss wohl sein! Du kannst es Dir aber wieder erobern! Schwer ist es, aber nicht unmöglich! Nur nicht verzagen! Muth, selbst Trotz, ja Tollkühnheit ist jetzt besser am Platze als Nachgiebigkeit und Verzagtheit! Ja, ich hab es gethan, sag es Dir, ich ward schlecht, aber das waren nur die Folgen meines schlechten Lebenswandels! Ich habe meinen Irrthum eingesehen, dass ich es that, schmerzt mich tief, allein ich bin entschlossen, von jetzt ab den rechten Weg zu gehen! Irren, fehlen, sündigen ist menschlich! So sprich zu Dir und Du wirst sehen, es geht! Lass mich keine Klage hören, sei ernst, aber auch entschlossen! Was da kommen mag, ja ich hab es verdient und solange ich ein Wort zu reden hab, solang will ich es wieder gut machen, auf eine Weise, die mir möglich ist. Willst Du, Wolfgang, so denken, so handeln? Willst Du?

Wolfgang: Ja!

Pastor: Ich brauche Dich also wohl nicht nochmals zu mahnen, nichts Feiges zu begehen. Nicht sich selbst umbringen und sich der Wiedervergeltung entziehen! Ich habe doch Dein Wort darauf!

Wolfgang: Ja, ja Pastor!

Pastor: Also kann ich ruhig gehen! Hoffentlich war die Schule, die Dich so viel Lehrgeld kostete, eine gute! Denk an die Zukunft, denk daran, dass alles glücken muss, wenn nur ein Funken guter Wille da ist! Vergiss die Vergangenheit, verachte sie, wie Du sie verachten musst. Leb wohl, Wolfgang!

II.

Wolfgang (allein, ruhig): Also Zukunft nur, Vergangenheit keine! Es kann gar nicht übel werden! Da wäre ich eigentlich um ein paar Jahre jünger! Das war damals schön und so könnte es jemals wieder werden? Na, übrigens kann ich ja auch an die Vergangenheit denken; da ich sie nicht mehr zu fürchten habe, lässt sie sich ganz gut betrachten! Ich bin doch ein elender Kerl gewesen! Und wenn ich so denke, dass ich noch den Karren aus dem Mist ziehen kann — na ja einige Opfer muss man schon bringen! Und ich bring sie ja gern! Ich hab doch nichts zu verlieren! Ich hab doch nichts, was mir wahrhaft am Herzen läge! Und einige Traumgebilde geb ich gern hin! Ännchen! Nun ja, es wäre ganz schön, das holde Kind, diesen Engel sein zu nennen! Doch mich reizt das nicht mehr! Sie wird sichs auch überlegt haben! Und ihr Vater! Ach Blödsinn, daran ist doch gar nicht zu denken! Und Gottfried! Der geht mir ja nicht verloren! Es wird ja ganz hübsch werden! Arbeiten werde ich, arbeiten mit diesen Händen, wenn der Schädel nichts mehr taugt! Der Pastor ist doch ein guter Kerl, wie der einem zureden kann! So wohl war mir schon lange nicht! Sie ist todt, die Agnes! Warum hat sie sich umgebracht! Sie hätt's ja nicht thun müssen! Wie

ich nur an alles so denken kann, und so kalt und ruhig! Früher
.... brrr! Es ist schon ganz gut, wie es gekommen ist, die Fügung
des Schicksals ist doch das Beste! Man ist manchmal etwas überrascht, aber, wenn man alles gehn lässt, wie es kommt, ist's immer
am Besten!

III.

Schulze: Sie entschuldigen doch, Herr Wolfgang! Ist der Pastor noch
hier? Ach nein, er ist ja nicht mehr hier. Das ist schade. Ich
hätte so gern mit ihm gesprochen, ich hatte jetzt grad Zeit für
ein kleines Pläuschchen.

Wolfgang: Sind Sie denn mit ihm so gut bekannt?

Schulze: Ach das ist doch ein so lieber Herr!

Wolfgang: Nun, Frau Schulze, wissen sie das Neueste?

Schulze: Na, wenn Sie mir's erzählen wollen!

Wolfgang: Ich geh nach Amerika.

Schulze: Was Sie nicht sagen! Ja warum denn?

Wolfgang: Darum, weil wir hier fertig sind! Drüben passt die Staffage
besser zu dem neuen Leben, das begonnen werden soll.

Schulze: Da gehen Sie mir also fort!

Wolfgang: Nun, Frau Schulze, von mir haben Sie doch nicht viel gehabt. Jetzt die letzte Zeit schon gar nicht. Wissen Sie was? Bezahlen kann ich sie nicht. Ich hab keinen Groschen Geld. Sie
haben mich jetzt auch noch verköstigt, sonst hätt' ich wohl hungern
müssen, ja aber ob Sie etwas dafür bekommen werden. Ich hab'
nichts! Wenn der Pastor nichts gibt ....

Schulze: Machen Sie sich deshalb keine Sorgen! Das ist schon alles
geordnet. Sie haben Freunde, so gute und viele, dass sie es gar
nicht wissen.

Wolfgang: Frau Schulze, sie sind eine arme Frau! Von Ihnen kann
ich am allerwenigsten etwas annehmen. Sie sollen alles bezahlt
erhalten.

Schulze: Nun, nun! Herr Wolfgang! Das hab ich schon längst. Ich
solls freilich nicht sagen. Ihr Herr Bruder hat mir Geld geben
lassen. Sehen Sie, Ihr Bruder hat Sie gerne! O, Sie haben gute
Freunde!

Wolfgang: So, so! Seit wann ist das?

Schulze: Grad eine Woche!

Wolfgang: Ist es viel gewesen? Ich will es wissen. Mein Bruder soll
nichts für mich hergeben müssen. Ob ich's nicht wert bin oder
ob ich es nicht will, ist einerlei!

Schulze: Aber, Herr Wolfgang .....

Wolfgang: Was ich meinem Bruder schulde, will ich zuerst zurück-
erstatten! Ich muss also wissen, wie viel es ist!

Schulze: Fünfhundert Mark waren's!

Wolfgang: Na, die hoffe ich bald zu bezahlen! Überhaupt wird's Arbeit
geben.

Schulze: Ja, was wollen denn Sie überhaupt in Amerika?

Wolfgang: Arbeiten!

Schulze: So?

Wolfgang: Mit den Händen, wenn es sein muss!

Schulze: Ja, aber warum geschieht dies alles! Sie machen ja rein so, als — verzeihen Sie mir, als ob Sie durchbrennen wollten, wie ein Verbrecher.

Wolfgang: Vielleicht ist's auch so!

Schulze: Ach! machen Sie doch keine schlechten Spässe! Herr Wolfgang, Sie sind jetzt so lustig! Sehen Sie, wie es Ihnen gut gethan hat zum Pastor zu gehen. Ich sags ja, das ist ein Mann, der kanns. Weshalb war er denn hier? Ich bin aber neugierig!

Wolfgang: Er kam mir sagen, ich solle lieber nach Amerika reisen, als dorthin, wohin ich anfangs sollte und wollte.

Schulze: Wohin war denn das? Nun, Amerika hätte auch nicht meine Sympathie! Aber sagen Sie 'mal, hält Sie denn gar nichts mehr hier zurück? Ich verstehe nicht, wie Sie so plötzlich . . . .

Wolfgang: Nun, es ist doch eine Neuigkeit.

Schulze: Und was sagt denn Fräulein Ännchen dazu? Sie freute sich doch so sehr, sie wieder oft sehen zu können. Und jetzt! Wann soll's denn geschehen?

Wolfgang: So bald als möglich.

Schulze: Scherzen Sie doch nicht. Ist es wahr oder nicht? — Haben Sie am Ende doch etwas angestellt?

Wolfgang: Was Ihnen nicht einfällt. Ich könnte ja auch bleiben, aber es gefällt mir hier nicht mehr! Ich habe nichts hier, warum sollte ich bleiben?

Schulze: Nu, hören Sie, das glaub ich nun gerade nicht. Es sind Leute da, die Sie nicht gern fortlassen, und dass ich auch dabei bin, wäre wohl das wenigste. Nein, ich verstehe die ganze Geschichte nicht! Sie sind am Ende unglücklich? Kann ich Ihnen nicht etwa helfen?

Wolfgang: Beruhigen Sie sich! Es ist gut für mich, das Beste vielleicht, wenn ich fortkomme! Sehen Sie, ich bin so heiter, wie schon lang nicht. Glauben Sie mir, es freut mich selbst.

Schulze: Na, meinetwegen werden Sie sich doch nicht zurückhalten lassen. Aber das gnädige Fräulein! Es liebt Sie, ich sag es Ihnen offen, Sie thun ihr sehr weh, wenn Sie fortgehen. Ich könnte mir wohl denken, wie ihr ums Herz ist!

Wolfgang: Eben darum!

Schulze: Nu, ich sags ja, Sie sind unglücklich und machen auch sie unglücklich. Ich will mich in Ihre Angelegenheiten nicht mischen, ich hab ja kein Recht dazu. Und wenn's der Pastor so sagt, so wird's wohl auch gut sein! — Ich muss jetzt fort, ich hab einen kleinen Gang. (Es klopft.) Na, Abwechslung folgt! Adieu! Herr Wolfgang.

IV.

Hallodrius: Nu, hau uns nur nicht die Thür vor der Nase zu! Du fürchtest Dich wohl gar vor uns?

Fludribus: Ein schöner Empfang! Hör' mal, Wolfgang, wir sind doch nicht so unhöflich wie Du! Andere Freunde hätten schon längst mit Dir gebrochen. Wir gehören nicht zu jenen, von welchen ein Dutzend auf ein Loth geht!

Wolfgang (bissig): Das fehlte auch noch!

Hallodrius: Gehen wir! Es gibt einen unnützen Krawall. Der Wolfgang steht nicht dafür. Gehen wir lieber.

Fludribus: Ach hör mir auf. Ich geb' Wolfgang nicht verloren. Er ist doch ein lieber Junge, ein bisschen launenhaft. Mir aber folgt er immer noch! (Er geht auf ihn zu.)

Wolfgang: Was wollen Sie von mir?

Hallodrius: Hast Du's gehört? »Sie.« Gehen wir. Ich wollt gar nicht heraufkommen. Es lohnt sich nicht der Mühe!

Wolfgang: Machen Sie, dass Sie fortkommen, mir thun Sie nur einen Gefallen, einen sehr großen!

Fludribus: Nun, ich geh nicht! Ich muss mich erst ausruhen! Dies Treppensteigen geht mir in die Beine! (Er setzt sich.)

Wolfgang (zu Hallodrius): Nehmen Sie doch auch Platz, mein Herr! Bis Sie sich ausgeruht haben, machen Sie aber, dass Sie fortkommen. Ich habe keine Zeit. Sie entschuldigen schon, wenn ich mich anderweitig beschäftige. (Er setzt sich zum Schreibtisch und kramt in den Schubladen).

Hallodrius: (lacht hell auf).

Fludribus: Ach, da hört sich der Spass doch auf! Wolfgang, bist Du verrückt. Was haben wir Dir gethan, dass Du uns so behandelst. Wir sind doch keine Lumpen, keine ...

Wolfgang: Nein, nein, nein!

Hallodrius (zu Wolfgang): Du, für meinen Theil verbitt ich mir eine solche Redeweise! (zu Fludribus): Fludribus, lass mich aus dem Spiel. Red nur von Dir. Ich werde schon für mich sprechen! — Was wollen wir hier eigentlich? Er hat ganz recht, wenn er fragt! Was willst Du denn von diesem?

Fludribus: Ach lass mich! Du hast auch keine Manieren, den besten Freund, den wir haben ....

Hallodrius: Red nur von Dir.

Fludribus: Na also, den ich habe. (Ungeduldig): Seid Ihr denn beide rapplig heut? Stör' mich doch nicht. Wenn Dir's nicht passt, was ich sage, so halte Dir die Ohren zu! Wolfgang, was ist nur mit Dir, vor einer Woche plötzlich verschwunden! Die Rosel ist ganz weg!

Hallodrius: Ist ja nicht wahr!

Fludribus: Was weißt Du denn?

Hallodrius: Die macht sich aus so einem Waschlappen nichts, die kümmert sich gar nicht mehr um ihn.

Fludribus: Wie weißt denn Du das? Das ist mir ganz neu, mir hat sie ganz etwas anderes gesagt.

Hallodrius: Na, mir auch!

Fludribus: Ei, wann hast Du denn mit ihr gesprochen?

Hallodrius: Na öfters, wie Du. Und intimer jedenfalls. Mir hat sie nichts verschwiegen, mir gab sie Beweise.

Fludribus: Blödsinn!

Hallodrius: Weil Du's nicht kapierst! Glaub'st denn, ich würde unsere Bemühungen unverwertet lassen! Ich hab die Rolle vom Wolfgang übernommen, der war ein großes Kameel, dass er damals nicht hingieng! Hm!

Fludribus: } Was?!
Wolfgang: }

Hallodrius: Nur nicht zu hitzig! Was interessiert Dich denn noch die ganze Geschichte? Du hast damals etwas versäumt! Ein fesches Mädel!

Wolfgang: Elender Bube, was hast Du gethan?

Hallodrius: Du, ich kann auch grob werden! Verstanden?!

Fludribus: Nur Ruhe, Ruhe! Ich bin ja auch ganz weg. Hallodrius, was hast Du gethan?

Hallodrius: Ärgerts Dich vielleicht, dass Du nicht so gescheit warst? Oder, dass ich Dir's nicht sagte? Na, der Braten, den unser edelmüthiger Hauptmann stehen lässt, ist für mich noch gut genug! Ich bin nicht so hoch hinaus! Was starrt Ihr denn so? Glaubt Ihr denn, die Rosel sei gar so ein heiliges Ding, als sie drein schaut? Die ist nicht um ein Haar anders, als alle anderen! Der sind auch alle Liebhaber gleich, wenn sie nur einen hat!

Wolfgang (in der größten Erregung): Red nicht weiter, red nicht weiter, Schandbube! Raus, sag ich, raus aus meinem Zimmer! Ihr Gesindel!

Hallodrius: Da schau Dir den an! Hast Du schon so etwas gehört? Ach Du bist mir auch der Rechte! Na ich hab keine Furcht vor ihm. (Wüthend.) Wenn ich werd gehen wollen, werde ich gehen, eher nicht. So mir nichts, dir nichts schaffst Du mich nicht vom Hals!

Wolfgang: Wenn Ihr nicht augenblicklich das Zimmer verlasst . . .

Hallodrius (brüllt): Ich lass mich nicht rausschmeißen! Ich hab Dir nichts gestohlen, ich hab Dir nichts gethan!

Fludribus: Komm!

Hallodrius: Halts Maul! Vorhin da wolltest Du nicht, jetzt will ich nicht. Er muss mich abbitten, oder ich weiß, was ich zu thun hab.

Wolfgang (laut zu sich): Mit dem Gesindel sich ärgern? Nein! Na bleibt meinethalben hier, bis Ihr verfault. Lasst mich nur in Ruh! (Zu Hallodrius, der sich wüthend auf ihn zu stürzen droht.) Du! in diesem Kasten liegt ein Revolver! Untersteh Dich! (Es klopft.)

42

V.

Fludribus (der bei der Thür stand und öffnete): Da schau her!

Ännchen (ängstlich): Bin ich fehl gegangen? Da wohnt doch der Herr Wolfgang?

Hallodrius (spöttisch): I freilich, i freilich! Treten Sie nur ein!

Wolfgang: Um Gotteswillen, Ännchen!!

Hallodrius: Ah, d a s hat Dich geniert! Vor uns aber hättest Du's nicht nothwendig gehabt. Wir kennen Dich durch und durch, Dich erbärmlichen Kerl! Freilich brauchst Du uns nicht, wenn Du Dirs so bequem machst. Ich bitte nur hereinspaziert, mein Fräulein. Wir lassen Sie gleich allein. Du, Fludribus, hast Du schon so etwas erlebt?

Wolfgang (mit einem Revolver in der Hand): Lumpengesindel, noch ein Wort! Ich schieß Euch über den Haufen!

Hallodrius (bereits hinter der Thür halb offen): Nicht so laut! Es könnte jemand es hören. Es wäre Dir und dem Fräulein unangenehm! (Schlägt die Thür zu. Höhnisches Lachen hinter der Thür.)

VI.

Ännchen (zitternd): Wolfgang, was soll das heißen? Wohin bin ich gerathen? Wolfgang! Wolfgang!

Wolfgang: Um des Himmels willen, was willst Du Ännchen hier? Was führt Dich zu mir; so allein? Ich rufe Frau Schultze!

Ännchen: Nein, nein, nein! Ich muss Dich allein sprechen. Hab ich schon so viel gewagt, so thue ich auch das noch! Oder muss ich mich vor Dir fürchten?

Wolfgang: Ännchen!

Ännchen: Wer waren diese Menschen? Was wollten sie von Dir und mir?

Wolfgang (verzweifelt): Das waren meine Genossen, meine Freunde, mein Umgang! O diese Elenden, sie haben mich ins Unglück gestürzt, sie ganz allein! Und ich sah es nicht! Ich war blind! Ich folgte ihnen, ließ mich von ihnen leiten, bis . . .

Ännchen: Wolfgang, wie konntest Du das thun! (weint.)

Wolfgang: Ännchen, mein Ännchen! Was ist Dir? Fass Dich, Ännchen. Mein Gott, was willst Du hier, was führt Dich zu mir?

Ännchen: Ich weiß nicht, was ich beginne, ich weiß nicht. Ich kann nicht mehr.

Wolfgang: Ich rufe die Frau Schultze! Du kennst sie ja. Sie . . .

Ännchen: Nein, nein, ich muss Dich allein sprechen.

Wolfgang: So sage doch, was willst Du von mir? Ännchen, was hast Du mir zu sagen? Was ist es nur?

Ännchen: Wolfgang, ich fürchtete mich, Du könntest Dir etwas anthun!

Wolfgang (nach Fassung suchend): Ach das ist's! Da kann ich Dich ja trösten. Sprachst Du denn nicht mit Deinem Vater? Er hätt Dir's ja auch sagen können. Ich versprach ihm doch . . .

Ännchen: Wohl, wohl . . aber . . .

Wolfgang: Aber Du konntest es nicht glauben? Ist's möglich. Ja, ja!

Ännchen: Ich bin zu aufgeregt, ich sehe alles zu finster, zu schwarz. Wolfgang, was musstest Du auch thun! Kann ich's denn glauben! Beruhige mich, sag mir, dass es nicht so ist, wie Gottfried es mir sagte.

Wolfgang: Wenn der es sagt, wirds wohl so sein!

Ännchen: Wolfgang! Nein, nein! Ich kann ihm nicht glauben. Du kannst nicht so schlecht sein. Sie müssen sich täuschen! Sag ja!

Wolfgang (erschüttert): Ännchen, Du hättest nicht kommen sollen! Es wäre besser gewesen für mich und für Dich. Soll ich Dich denn betrügen? Kann ich es? Und Du willst mir nicht glauben, wenn ich die Wahrheit rede.

Ännchen: Wolfgang, Du thust mir weh! Ach!

Wolfgang: Ännchen, fass Dich! Jetzt, jetzt ist doch alles vorüber. Ich kann das Geschehene doch nicht ungeschehen machen! Ännchen so höre doch! Sieh, ich will fort von hier, weit fort. Ich muss es! Dort will ich ein besserer Mensch werden!

Ännchen (die das erste Gespräch nicht fallen lässt): Und Du hast Agnes nicht geliebt und sie? Was that sie!

Wolfgang: Ännchen, sei barmherzig, zerre nicht an der Wunde, die vernarben soll.

Ännchen: Nur das eine beantworte mir, wusstest Du, dass sie Dich liebe von ganzem Herzen? Antworte!

Wolfgang (tonlos): Ja und trotzdem konnte ich so handeln!

Ännchen: Wolfgang, ich hab Dich verloren! (Sie sinkt auf einen Moment zusammen. Wolfgang eilt zur Thür um Frau Schultze zu holen.)

Ännchen: Bleib, bleib. Es soll niemand wissen, dass ich bei Dir war, thu mir den Gefallen! (Sie schickt sich an, fortzugehen.)

Wolfgang: Ännchen, Du bist zu aufgeregt. Du kannst nicht allein gehen!

Ännchen: Was sorgst Du um mich? Wolfgang, hättest Du früher Rücksicht auf mich genommen, Du hättest mir wohlgethan. So aber hast Du mich furchtbar getroffen. Aus Träumen hast Du mich gerissen, in eine Wirklichkeit hast Du mich versetzt, die mir eine Hölle ist. Zerstört hast Du mir meine Jugend! Wolfgang, dachtest Du nie an mich? Fühltest Du nie ein leises Ahnen, das Du gewaltsam unterdrücktest. War ich Dir so gleichgiltig, dass Du mich nicht zu schonen brauchtest. Wolfgang, ich habe Dich **geliebt** und **Du** hättest es nie empfunden?

Wolfgang: Ännchen, Ännchen, sei barmherzig! Gott, Gott, konnte ich es denn für wahr und wirklich halten, was ich kaum zu denken wagte! Ja, ich hab es gefühlt, allein ich konnte daran nicht glauben. Ich sah es voll Mitleid, ich sah es mit Schrecken kommen, ich fürchtete Deinen Anblick, ich mied Deine Worte, denn ich hielt mich Deiner nicht würdig! Ich hoffte mich darüber hinwegzutäuschen und was muss ich nun erleben!

Ännchen: Wolfgang, Du hast Dich und mich belogen.

Wolfgang: So hör' und verstehe doch. Konnte es denn sein? Hätte ich denn nicht noch elender gehandelt, wenn ich, trotzdem ich mir bewusst gewesen wäre, Dich zu lieben und von Dir geliebt zu werden, wenn ich dann alles dies begangen hätte.

Ännchen: Du hast mich also nicht geliebt und ich hab mich von einem Wahn hinreißen lassen? Mir wäre es so wie Agnes ergangen?

Wolfgang (erschüttert): Ännchen, ich hab schlecht gehandelt und ich bin schlecht! Aber bei Gott, Dir gegenüber bin ich mir keiner Schuld bewusst. Du warst mir ein Engel, der mir seine Liebe zu Füßen legte, und ich hätte es wagen dürfen, sie zu berühren. Darin sieh meine Liebe zu Dir, die nur groß und edel dachte, da sie entsagen konnte, dort, wo sie nur hätte sündigen können! Glaubst Du, ich fühlte mein Unglück nicht? Meinst Du, ich wusste nicht, wie viel ich verloren gebe, aber der Gedanke, dass ich ja mein höchstes Glück zur Sühne meiner Schuld hingegeben, war mein Trost, meine Stütze in all den schweren Stunden! Nimm sie mir nicht!

Ännchen (zitternd): Du entsagst und ich, ich thu es nicht?

Wolfgang: Du musst es, ich bitte Dich darum. Es kann nicht anders sein. Führe mich nicht in Versuchung! Lass mich, Ännchen!

Ännchen: Mein schwaches Herz sollte so muthig sein können! Ich sollte die Liebe, die ich in den schönsten Träumen genährt, wie ein Geschwür aus dem Herzen reißen können? Und Du sagst, es muss sein. Kann ich's denn, Wolfgang? Kann ich's denn? Du weißt nicht, wie sehr ich Dich liebe!

Wolfgang: Ännchen, Ännchen, Du machst mir Sorgen. Kann ich von Dir eine Huld erwarten, so vergiss diesen Jugendtraum. Ja, ja es war nur ein Traum. Gib ihm kein Leben, lass ihn in sein Reich zurück. Ja! Sieh her! Du hast geträumt, lebhaft geträumt! Da auf einmal bist Du erwacht und bist getäuscht. Bei einem Traum ist's nicht anders! So sei doch vernünftig, füge Dich drein! Ich darf ja nicht anders sprechen!

Ännchen (sich zur Ruhe zwingend): Ja, meine Liebe wird sündhaft, sag es mir nur! Du hast recht, ein Traum, ein Trugbild war's. Jetzt ward ich's erst gewahr! O ich bin erwacht und sehe mich betrogen! (weint bitter).

Wolfgang (zärtlich): Ännchen, so fass Dich doch! Du kamst zu mir wie ein Schutzengel! Du kamst mich vor einem schlimmen Schritte zu bewahren! Dich hat ein Traumbild, die Liebe hergeführt. Du bist erwacht und Freundschaft vollführe das Werk! Sieh, Du bist und bleibst ja, wenn ich fern von hier weile, der hellste Punkt meiner Erinnerung, mein Trost, meine Zuversicht!

Ännchen: Du willst fort?

Wolfgang: Ja, so bald und so weit als möglich! Dann wird alles gut! Vergessen ist schwer, aber Raum und Zeit werden klären, was trüb ist!

Ännchen: So leb wohl, Wolfgang ... (zittert.)

Wolfgang: Ännchen! Nur Muth! Kannst Du allein gehen!

Ännchen: Mein Wolfgang! (wirft sich ihm an die Brust.)

Wolfgang: Ännchen, was thust Du? Ich bin Deiner nicht wert! Du wirfst Dich fort an einen Unwürdigen!

Ännchen: Nein, nein! Du bist nicht schlecht. Du bist nur irregeführt, Du hast im Übermuthe gesündigt. Das kann vergeben werden und ich vergebe Dir!

Wolfgang: Ännchen, Ännchen, kann ich Dir danken, kann ich so viel Liebe vergelten? Muss ich nicht undankbar sein? — (Das Wonnegefühl kommt zum vollen Durchbruch.) Ännchen, Ännchen, Du meine Wonne, Du mein Glück, Ännchen ich liebe Dich! (küsst sie.) — (Erschrocken.) Was habe ich gethan! Ich habe Seligkeit genossen, der ich die Hölle verdiente! Fort, fort von hier!

Ännchen (selig): Ja, Wolfgang, geh in Frieden von hier! Meine Gedanken begleiten Dich! Mein Bild, o könnte es Dir vor Augen schweben, als der Lohn, den Du erringen kannst. Jetzt lasse ich Dich leichten Herzens ziehn, Du kehrest wieder, (bestimmt) fest und edel wie der Stahl, der gehämmert werden muss, ehe er seinen Wert bekommt! Ich warte auf Dich, Dir bleib ich ewig treu!

Wolfgang: Du wolltest, Du könntest?

Ännchen: Ja, Wolfgang, ich verspreche es Dir! Wie könnte ich anders handeln, als ich denke und fühle! Und Du musst es ja auch thun! Ich warte auf Dich, bis Du das geworden bist, was Du werden kannst, ein edler, guter, ein ganzer Mann! Möchte Dir die Probezeit leicht werden! Mein Segen begleitet Dich!

Wolfgang: Bist Du Ännchen, bist Du ein Engel?

Ännchen (heiter): Dein Schutzengel, wenn Du willst!

Wolfgang: So viel Lieb kann ich nicht fassen!

Ännchen: Ich geh schon! Leb wohl, Wolfgang! (bleibt in der Thür stehen. Wolfgang stürzt in ihre Arme.)

Wolfgang (allein): (Sinkt auf einen Stuhl nieder und weint bitterlich.)

Wolfgang: Mein Gott, wie viel hab ich verscherzt!

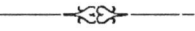

V. ACT.

(Decoration des ersten Actes. — Derselbe Tag. Abend.)

I.

Gottfried: Wenn Du glaubst!

Pastor: Ich bin davon überzeugt. Gottfried, ich bitte Dich, Du hättest es ernstlich wünschen können? Die in der Erregung gesprochenen Worte waren eben nur solche, doch keine erwogenen! Ach hör mir auf! Das wär ja schändlich!

Gottfried: Ich weiß nicht, Du siehst in Wolfgang mehr, als er wirklich ist. Wo ich nicht mehr hoffen kann, da vertraust Du noch fest, wo ich ihn verloren gebe, da hoffst Du noch alles mögliche!

Einer muss sich irren. Ich wäre ja froh, wenn ich's wäre. Allein ich kenne diese Leute. Sie sind unberechenbar in ihren Thaten. Sie handeln ohne zu denken, sie handeln feig. Sie sind nervös, überschätzen sich stets und sind eingebildet!

Pastor: Gottfried, mir ist so, als ob Du auch Deinen Theil an Wolfgangs Schuld trügest.

Gottfried: Ja, ja! Ich hab mich zu lange täuschen lassen. Insofern bin ich schuld. Aber jetzt bin ich nicht mehr so leichtgläubig. Sei nicht so siegesgewiss. Wolfgang ist nicht fähig, sich aufzuhelfen. Bitter aber wahr!

Pastor: Was uns aber nicht hindern darf, alles für seine Rettung zu versuchen. So lang der Mensch athmet, ist der Arzt verpflichtet, alle Mittel anzuwenden, um ihn zu erhalten, und wüsste er selbst, dass er ihn nicht retten kann! (leidenschaftlich.) Und ich sehe in Wolfgang keinen Menschen, der verloren zu geben ist. Er hat schlecht, sehr schlecht gehandelt! Aber es gibt Menschen, die sich nicht aufraffen können, solang sie eine Schuld bedrückt. Sind sie jedoch befreit von den Qualen des bösen Gewissens, werden sie neue Menschen, die sich wohl hüten, nochmals zu fehlen.

Gottfried: Das glaubst Du!

Pastor: Nun, was willst Du denn eigentlich mit Wolfgang thun? Du möchtest am liebsten! Ach!....

Gottfried: Nun, Pastor, verkenn mich nicht. Ich will doch nicht, dass Wolfgang nicht brav werde. Aber glauben kann ich's nicht und werde es nicht glauben, als bis ich es sehe!

Pastor: So verurtheile ihn nicht, bevor er Dir nicht den Gegenbeweis erbracht hat.

Gottfried: Nun meinetwegen kann er ja nach Amerika oder sonst wohin gehen, wie Du es für gut hältst. Aber ich sage, er wird dort gerade so verderben wie hier!

Pastor: Dieses Lamentieren und Verzweifeln kann mich nicht entmuthigen! Willst Du ihm nicht helfen, so thu ich es allein! Wolfgang braucht natürlich vor allem Mittel, bis er sich selbst etwas verdienen kann.

Gottfried: Was jedenfalls sehr lange dauern wird.

Pastor: Möglich, ja wahrscheinlich, doch einerlei. Willst Du ihm sie nicht geben, so geb ich sie ihm. Ich bin ja reich. Und vielleicht ist es auch besser! Dein Geld würde er als eigenes betrachten und damit schlecht wirtschaften. Bekommt er es von mir, so wird er wohl besser damit umgehen.

Gottfried: Wie Du Dich trösten kannst. Nun ich bringe wohl ein gleiches Opfer, wenn ich Dir erkläre, dass ich das Geld, falls es trotzdem verloren geht, Dir ersetze. Du darfst das mir nicht abschlagen.

Pastor: Einverstanden. Wolfgang kommt also fort!

Gottfried: Ja!

II.

Ännchen (die bereits früher unbemerkt eingetreten ist und sich unauffällig zu schaffen gemacht hat): Guten Abend, Väterchen, guten Abend, Herr Doctor!

Pastor: Ach, Du bist's Ännchen! Ich habe jetzt fast gar keine Zeit, mich um Dich zu kümmern. Ich vernachlässige Dich ja förmlich. Ja diese unangenehmen Geschichten!

Ännchen (heiter): Ach, mach mir nur nichts vor. Ich weiß ja alles. Gottfried hat mich in alles eingeweiht.

Pastor: Das hättest Du ihr auch ersparen können!

Gottfried: Das ist Ansichtssache.

Ännchen: Gottfried hat ganz recht. Warum verschweigst Du mir Dinge, die auch mir von Wichtigkeit sein können. Soll ich denn das Leben nur von der rosigsten Seite kennen lernen? Ja, schön wärs, aber dann müssten auch die Menschen, mit denen ich zusammenkomme, stets so gut sein, wie sie mir gezeigt werden. Ja dann können freilich Dinge geschehen, wie . . .

Pastor: Ännchen, lass' das!

Ännchen: Und wenn ich alles weiß, wenn man sicht, wie schlecht es mitunter auf der Welt zugeht, wie leicht man betrogen werden kann, dann sieht man auch das wenige Gute viel besser.

Pastor: Ja, ja, aber dafür lass mich sorgen!

Ännchen: Nun, Herr Doctor, haben Sie sich schon getröstet? Sind Sie noch immer so rachsüchtig?

Gottfried: Missverstehen sie mich nicht. Wenn ich mich überzeugen könnte, dass an Wolfgang noch ein Atom gut ist, dass er die Kraft sich zu bessern in der That erringen könnte, ich zögerte nicht einen Augenblick alles zu versuchen. Aber das was er mir angethan hat, lässt eine solche Hoffnung nicht aufkommen. Ich gebe ihn auf. Mag er machen was er will.

Ännchen: Sie wollen ihm also nicht helfen, wenn ich recht verstand!

Gottfried: Wer kann es. Er nur allein.

Ännchen: Aber ermuthigen kann man doch! Geht Wolfgang fort?

Gottfried: Ihr Vater hält es für gut. Ich fürchte, wenn er unter unseren Augen so tief sinken konnte, was wird geschehen, wenn er fern ist?

Pastor: Ich bemerke nur, dass meine Augen geschlossen waren und ich nichts sah und wusste.

Gottfried: Was nützt ein Widerlegen, das nur auf Vermuthungen sich stützt gegen Gefühle und Überzeugungen, die Gram und Schmerz, in die Brust gegraben. Ich fühl es, dass es noch schlimm endet, mehr kann ich nicht sagen!

Ännchen: Und mir sagt ein ebenso berechtigtes Gefühl, es muss gut gehen. Und mein Gefühl, versichere ich Sie, ist ebenso aufrichtig wie das Ihrige. Sie sehen, wie weit Sie mit diesen Beweisen kommen. Aber mein Gebet, meine Segenswünsche, dass es so geschehe, begleiten ihn.

Pastor: Brav gesprochen, Ännchen! Man muss das Gute wollen, das Schlimme fürchten, bitten und beten, dass das Gute geschehe und das Schlimme vergehe!

Gottfried: Dem werd ich nie widersprechen. Ja wohl, so sei es. Das Gute bestehe und das Schlimme vergehe. Ich will nur dasselbe und wir werden wohl bald sehen können, ob diese gleichsam prophetisch gesprochenen Worte Dir oder mir recht geben!

Pastor (leicht lächelnd): Na, Gottfried, Du scheinst bei der ganzen Geschichte eine vorübergehende Gehirnaffection erlitten zu haben!

Ännchen: Scherze nicht! Gottfried hat Agnes geliebt, ihr Tod hat ihn schwer getroffen.

Pastor (herzlich): Ja ist es wahr, Gottfried. Ach dann verstehe ich.

III.

Dienstmädchen: Herr Pastor, eine Frau wünscht Sie zu sprechen.

Pastor: Jetzt? Wer ist es denn?

Dienstmädchen: Sie heißt Schulze.

Pastor: Schulze? Ja richtig. Gott im Himmel, da ist doch nicht am Ende etwas geschehn?

Ännchen (schreit auf): Jesus!

Gottfried (springt auf).

Pastor: Ännchen bleib, bleib hier! (Er hält sie zurück.) Ich will mit der Frau sprechen. Man muss doch nicht immer gleich etwas schlimmes vermuthen.

IV.

Schulze (eintretend noch außer Athem): Lassen Sie mich nicht so lang warten. Es muss ja schnell sein, schnell, Herr Pastor! Ich kann kaum reden. Sie müssen schnell zu mir hinüber — zu mir — Es ist . . . .

Pastor: Ist etwas geschehn?

Schulze: Ach grässlich! Nur schnell. Eh es zu spät ist.

Ännchen: Um Gotteswillen, was ist geschehen?

Pastor: Fassung, Ännchen!

Schulze: Herr Wolfgang hat sich erschossen.

Ännchen (bricht mit einem gellenden Schrei zusammen).

Pastor: Ännchen! (macht sich bei ihr zu schaffen.)

Gottfried (bleich, doch gefasst): Lebt er noch?

Schulze: Ich fand ihn am Boden liegen. Ein Doctor ist bei ihm. Der meinte, er könne vielleicht noch leben bleiben, (leise zu Gottfried) aber nicht lange mehr. Ich kanns dem Pastor nicht sagen und dem Fräulein. Er muss sterben, hat er gesagt. Keine Hilfe. Vielleicht ist er schon todt! Schnell.

Gottfried (zum Pastor): Wolfgang lebt noch. Wir müssen zu ihm.

Ännchen (erwachend): Ist er todt?

Gottfried: Nein, er lebt. Wir gehen hin. Wir werden gute Nachrichten bringen!

Ännchen (Sehr erregt): Ich muss zu ihm, ich muss, ich muss zu ihm!

Pastor: Aber Kind!

Ännchen: Ich muss ihn sehen!

Schulze: Nur schnell.

Ännchen: Ich muss zu ihm.

Pastor: Kind, was ist Dir! (zu Gottfried): Lass Dich nicht aufhalten! Eile hin, ich kann Dich nicht begleiten! Ännchen! Und sie darf nicht hin!

Gottfried: Gut. Ich gehe.

Pastor: Mein Kind, nur Fassung! (ruft noch:) Gottfried, bedenk es ist Dein Bruder! Mach es ihm leicht.

Gottfried: Es wird alles gut werden.

<h1 style="text-align:center">V.</h1>

Ännchen: Vater, Vater, lass mich zu ihm! Ich flehe Dich an, lass mich.

Pastor: Aber Ännchen! Sei doch ruhig. Was willst Du denn von Wolfgang.

Ännchen: Sehen, sprechen muss ich ihn. Fragen, warum er mir das gethan!

Pastor: Er ist ein schwacher Mensch, der nicht weiß, was er thut!

Ännchen: Wolfgang, Wolfgang, warum hast Du ... Mich so ...

Pastor: Armes Kind. Also Dein Herz hat er auch so tief getroffen!

Ännchen (leidenschaftlich): Betrogen hat er mich! Er, den ich so liebte!

Pastor: Ach, Ännchen!

Ännchen: Ja, ja, das hat er. Vorhin noch war ich bei ihm!

Pastor: Ännchen, Du?

Ännchen: Ja ich, Vater, gieng zu ihm, um ihn zu bitten! Mein Gott, warum musste ich ihn so gern haben?

Pastor: Kind Du?

Ännchen: Ja, Vater, ich, Deine Tochter, das schüchterne Ännchen!

Pastor: So fass Dich doch!

Ännchen: Ich sagte ihm, dass ich ihn liebe, so mächtig, dass nur ein Stein kalt bleiben könne. Und er, er liebte mich doch auch. Nicht, Nicht?

Pastor: Sagte er Dir's?

Ännchen: Ich sah, ich fühlte es! Ich war so selig! Es hätte so schön kommen müssen.

Pastor: Kind, wozu thatest Du das alles?

Ännchen: Helfen wollt ich ihm, zeigen, was ihm Noth that. Dass es noch Menschen gäbe, die ihm nicht nur verzeihen, sondern ihn achten und lieben können. Ich versprach ihm meine Treue.

Pastor: Dem ...

Ännchen: Dem Grausamen, der mir trotzdem das Herz brach.

Pastor: Ännchen, Wolfgang ist kein braver Mensch und jetzt zweifle ich selbst, ob er es je hätte werden können.

Ännchen: Er hätte es werden müssen.

Pastor: Kind, es ist gut, wie es kam.

Ännchen: Dass er uns betrogen, uns genarrt?

Pastor: Er wich von einem Platze, auf den wir ihn seine Kraft über-
schätzend gestellt hatten, um nicht größeres Unheil über uns
Sorglose hereinbrechen zu lassen. Wie konntest Du Wolfgang
nur so lieben? Lass diesen Wahn.

Ännchen: Also doch nur ein Wahn! (leidenschaftlich:) Meine Liebe ein
Wahn?!

Pastor: Ja, so ist's!

Ännchen: Doch Vater . . .

Pastor: (erschrocken plötzlich): Kind, Du hast doch keine Sünde begangen?

Ännchen (überrascht): Vater!

Pastor: Kind, er hat Dich doch nicht etwa bethört! Ännchen?!

Ännchen: Vater! Nein! Nein!

Pastor (küsst sie): Mein liebes, gutes, mein einziges Kind. Er, der
charakterlose Schwächling und Du ein nichts ahnendes Kind!

Ännchen (tonlos): Ja, öffne mir die Augen, Vater!

Pastor: Damit Du siehst, in welcher Gefahr Du geschwebt.

Ännchen: Um ihn zu retten.

Pastor: Der nicht zu retten war! Wie leicht hätte er Dich mit in den
Abgrund gerissen, in dem er jetzt zerschmettert liegt.

Ännchen: Das wäre nie geschehen!

Pastor: Es ist nicht geschehen und kann nicht mehr geschehen! Doch
es hätte noch schlimmer kommen können!

(Vorhang.)